공무원
라나 언니

공무원
라나 언니

9급에서 사무관까지, 30년 차 공무원 임경란의 일과 삶

임경란 지음

한티재

인생의 절반에서
새로운 나를 꿈꾸며

"저기 공무원들 우르르 지나가네."

간밤의 회식 자리에서 과음을 한 탓일까. 평소 잘 자지 않는 늦잠을 자고는 서둘러 출근 준비를 마치고 아파트 단지 앞에 대기 중이던 택시를 탔다. "어서 오세요. 어디로 갈까요?"라며 반기는 택시 기사님의 목소리가 우렁차다. 시청으로 가자는 말 대신에 "공평네거리요"라고 말했다. 내가 사는 동네에까지 직업이 알려져서 남들 눈치 보며 불편하게 살고 싶지는 않다. 무엇보다도 "공무원이 말이야, 어쩌고저쩌고" 하는 말은 더욱더 싫어서 사무실 근처에서 내려 조금 걸을 요량이었다.

택시를 타면 기사님의 유형이 두 가지로 나뉜다. 보통은 도착지에 도달할 때까지 아무 말 안 하고 입을 꾹 다물고 있다가 "얼마 나왔습니다" 하는 분이 대부분인데, 가끔 스스럼없는 기사님을 만나면 목적지에 도착할 때까지 이런저런 말을 계속 하고 가끔 "안 그런교?" 하며 자기 생각에 동조해 달라고 요구하기도 한다. 그럴 때면 "네, 기사님 생각이 맞습니다" 하는 것이 상책이다. 그러면 기사님 기분도 안 상하고 계속 얘기도 이어 나갈 수 있고 또한 나는 그가 말하는 동안 고개만 끄덕이고 있으면 되니까.

그런데 오늘 만난 기사님이 후자 유형이다. 아침부터 이야기가 늘어졌다. "아, 네. 맞습니다" 하면서 가고 있는데, 공평네거리 도착하기 전 중구청 앞 횡단보도에 녹색등이 켜지면서 잠시 대기하게 되었다. 횡단보도 위를 회색과 검정색 옷을 입은 사람들이 우르르 건너가고 있었다. 아무 생각 없이 앞을 보고 있는 나와 달리 갑자기 기사님이 그런다. "저기 공무원들 우르르 지나가네요. 어쩜 저렇게 똑같을까?" 나는 제풀에 놀라서 물었다. "어떻게 저분들이 공무원인 걸 아세요?" 했더니 "딱 보면 모르겠어요? 다 똑같이 생겼잖아요." 속이 뜨끔한 나와 달리 기사님은 태연하다. 그의 말투를 들으면 자신의 택시에 타고 있는 내가 공무원 같지는 않기에 그런 말을 편안하게 하는 건데, 사회가 공무원들에게 갖고 있는 선입견을 엿보는 것 같아 맘이 편치만은 않다.

나? 그래, 좀 튀기는 하는 것 같다. 큰 키에 이목구비가 큼직해서인지 어느 곳에 있든지 간에 사람들의 주목을 받고 내가 무얼 하는 사람인지를 궁금해 한다. 평소 사람을 만나고 소통하는 것을 좋아해서 근무 외 시간에는 외부 사람들과 어울리기 위해 여러 가지 활동을 하려고 하는 편인데 새로운 사람들을 만날 때마다 나를 소개하는 것이 편치 않다. 처음 나를 본 사람들은 패션 쪽에서 사업을 하거나 문화예술 등 창의적인 분야에서 일하지 않을까 하고 상상을 하는 것 같다. 그러다가 "시청에 있습니다"라고 하면 "아, 그럼 공무원이신 거예요?"라고 다소 실망스럽다는 듯한 표정으로 재차 묻는다. 나는 솔직히 그들의 그런 반응이 더 불편하다. 대체 공무원다운 것이 뭐일까?

공무원 같지 않다는 말을 심지어 동료들에게도 듣는다. 해 가지고 다니는 게 공무원 같지 않아, 스타일이 튀는 게 다루기가 쉽지는 않겠어, 일은 잘하는데 같이 근무하고 싶지는 않아 등 내가 그들에게 다가가기도 전에 보이지 않는 벽을 치는 것 같다. 스스로 생각해 본 적 없는 나에 대한 정의를 그들이 내리는 것을 알게 되면 황당하다는 생각이 든다. 나를 가장 잘 아는 사람은 나인데 말이지. 공직을 시작한 지 20년이 지나 30년을 넘긴 지금까지도 그런 말을 듣는다. 공직 사회가 안 변하는 건지, 내가 안 변하는 건지 알 수가 없다.

자신이 좋아하는 그리고 능력을 잘 발휘할 수 있는 곳에서 일하고 있다면 다행이고, 그런 사람들은 참 운이 좋은 것 같다. 대부분은 성적에 맞춰 대학에 가고, 원하는 곳보다는 남들이 좋다는 곳, 아니면 자신의 스펙에 맞춰서 직장을 선택하고 적응하며 살아간다. 직장 생활을 하면서 조직 문화에 맞는 사람이 되기 위해 노력하고, 또한 우수한 업무 성과를 내고 있음에도 불구하고 소속감은 저조해지고 의욕은 떨어지기도 한다. 조직으로부터 관성이라는 것을 느끼게 되기도 하는데 내가 요즘 그러하다. 다들 그러고 살아, 라는 자조적인 말로는 부족한 것 같다.

돈이 필요해서, 집으로부터 재정적 독립을 위해 선택한 직장이었지만 공직은 의외로 재미있었다. 행정의 광범위함은 평소 호기심 많고 한 가지를 꾸준히 하지 못하는 나에게 버라이어티했다. 계속 직무와 근무 부서를 바꿔 가면서 일할 수 있어 지루하지 않았고, 지역을 위해서 일한다는 것은 큰 의미와 보람이 되었다. 그러나 이제는 운명이 나를 다른 곳으로 이끌고 있는 것이 아닌가 싶기도 하다. 열정을 부을수록 나를 밀어내는 것 같은 느낌도 든다.

이미 인생의 반을 보냈는데 앞으로 어떻게 살아야 하나. 십대, 이십 대는 어디로 가야 할지 몰라서 방황했다면 이제는 어디로 가는지를 알아서 하는 고민이다. 안정적인 직업에, 퇴직하면 연금에, 뭐가 고민이냐고 사람들은 말한다. 그래, 지금까지 그랬듯이 살아온 대로 사는 것도 좋겠지. 그런데 재미가 빠져 있다. 하고 싶은 것 없고 열정이 빠진 인생을 어떻게 '산다'고 할 수 있을까.

이 책을 쓴 것도 그런 나의 도전이었다. 1부에서는 2020년 대구에서 슈퍼전파자가 나왔을 당시 생활치료센터에 근무한 경험담을 담았고, 2부에서는 지난 30년간 공직자로 근무하면서 느끼고 생각했던 것을 적었다. 3부에는 공무원이기도 하지만 공무원으로만 살고 있지는 않은 '나'에 대한 이야기를 담았다. 1부의 글은 코로나 비상 사태를 총괄하는 부서에 있지 않아서 극히 한정적이다. 아울러 코로나 2차 유행이 마무리될 시점을 기준으로 내가 경험하고 느낀 부분에 관해서만 이야기하였음을 미리 밝힌다.

또한 공직 사회나 대구라는 특정한 주제에만 한정되는 것이 아니라 직장인이라면 누구나 경험했을 만한 보편적인 것에 대하여 이야기하려 하였다. 아직 현직에 있는 중간 관리자로서 사회에 대하여, 공직에 관하여 얘기하는 것에 부담이 컸다. 독자들이 나의 글을 어떻게 받아들일지도 겁이 난다. 그러나 이 모두가 '나' 자신의 삶을 찾기 위해 시작한 일이기에 나를 공감해 주는 몇 명의 벗을 만날 수 있다면 그걸로 만족한다.

죽을 때까지 타이트한 찢어진 청바지에 목이 축 늘어진 면티가 어울리는 여자로 살고 싶다. 육십, 칠십이 되어서도 가슴 설레고 싶고, 할로윈에는 어깨를 드러낸 코스튬을 입고 친구들과 어울리고 싶다. 뱃살은 처지고 세월의 나이테가 얼굴에 가득한 할머니가 되어서도 비키니에 라이방을 쓰고 해변을 걷고 싶다. 나는 그렇게 살고 싶다.

2021년 8월
임경란

차례

3부 '나'를 찾아가는 여행

1부

대구, 코로나, 공무원

돌아왔다,
집으로

　　14일간의 생활치료센터 근무를 마치고 드디어 팔공산을 내려왔다. 센터에서 생활할 때는 보이지 않는 미지의 바이러스와 싸우며 24시간 긴장 속에서 생활했는데 팔공산 아래로 내려와 보니 코로나 발발 이전과의 차이를 잘 모르겠다. 아직 익숙해지지 않아서일까, 난생 처음 겪는 역병의 창궐을 받아들이기 어려워서일까 상가와 주거 밀집 지역으로 한참을 내려와도 마스크를 쓴 이들만 보일 뿐 정말 이곳이 국내 첫 코로나19 슈퍼전파자가 발생한 지역이 맞는지 믿기지 않을 정도다.

집에 오니 멍이와 주주가 나를 반긴다. 몰티즈와 푸들 종이다. 큰딸은 학교가 있는 아산에, 사이버 수업을 들으며 대구에 있던 작은딸은 나와의 접촉을 피해 부산으로 내려간 후였다. 남편 또한 코로나 진앙지인 대구를 피해 당분간 경주에서 생활하기로 하면서 집은 텅 비어 있었다. 커다란 캐리어와 무거운 백팩을 바닥에 던져 놓고는 바로 안방 침대에 몸을 던졌다. 그리고 이내 잠이 들었다.

눈을 떴다. 아침 8시다. 얼마나 잔 거지? 어제 저녁 7시 30분에 집에 도착해 바로 곯아떨어졌으니 열세 시간이 넘었구나. 먹은 것도 없는데 배가 고프지 않다. 그러나 멍이와 주주는 난리가 났다. 내가 도착하자마자 블랙아웃되어 잠만 자다 보니 녀석들의 저녁을 챙기지 못한 것이다. 얼마나 배가 고팠을까. "오랜만에 온 엄마가 애들 밥도 안 주고 쫄쫄 굶기다니. 미안, 미안, 많이 배고팠지?"하며 얼른 아침밥을 주었다. 정신없이 코를 박고 밥을 먹는 녀석들의 등을 쓰다듬었다. 그리고는 습관처럼 커피를 찾았다. 일리 캡슐 두 개를 하나씩 커피머신에 넣고는 에스프레소를 누른다. 한 번 두 번. 내려앉은 하얀 크레마와 함께 퍼지는 진한 커피향이 코끝에서 시작해 온몸에 퍼진다. 커피를 한 모금 쓰읍 하고 성급히 마셨다. 얼마 만에 마시는 제대로 된 커피인가.

따뜻한 커피를 두 손으로 감싸며 소파에 털썩 하고 앉았다. 기지개를 크게 켜면서 여유로운 시간이 얼마 만인지 생각했다. 돌이켜 보면 왜 그렇게 바쁘게만 살았는지 모르겠다. 남들처럼 대학을 마치고 취업 준비를 해서 직업을 가졌더라면 나만의 시간을 가질 수도 있었을 텐데. 나이 오십이 넘은 지금까지 제대로 쉬어 본 적이 없다. 마흔에 감행한 유학 시절 2년을 제외하고는. (물론 그것도 한국인이 적은 곳을 선택해서 가다 보니 한 반에 한국 유학생이 한두 명이라 이십 대의 혈기왕성한 영어 네이티브들과 같이 공부한다고 여유 부릴 틈도 없었지만 말이다.) 퇴소하여 자가 격리 5~6일 후에 다시 2차 검체 검사를 받아야 한다. 그렇게 두 차례 검체 결과가 음성으로 나오면 바로 출근이다. 그 때까지 정말 아무것도 안 하련다. 최대한 게으르게 있어야지. 배고프면 냉장고를 뒤지거나 아님 라면을 먹어도 되고, 정히 뭐가 먹고 싶으면 시켜 먹으면 되지 뭐. 최대한 손가락 하나 까닥 하지 않을 거다. 다시 침대를 찾았다. 다시 스르륵 잠이 든다.

눈을 뜨니 오후 4시 반이다. 거울을 보니 몰골이 엉망이다. 배도 고프다. 냉장고엔 레토르트 음식이 가득 들어차 있다. 냉동 볶음밥, 떡갈비, 소머리 곰탕, 불닭발 등등. 밥을 거를까봐 신랑이 꽉꽉 채워 놓았다. 불닭발에 냉동 밥을 데워서 먹어야겠다. 데운 음식을 주섬주섬 챙겨 들고는 식탁에 앉았다. 카카오톡 알림 소리가 들린다. "다들 2주간 고생하셨습니다. 같이 밥 먹고 자고 생활하면서 끈끈한 정이 쌓인 것 같습니다. 검체 검사 잘 받고 건강한 얼굴로 사무실에서 만나요", "처음 시설에 배치되었을 때 어디에서부터 시작해야 할지 몰라서 단장인 저는 매우 당황했습니다. 그런데 마치 센터에 근무해 보신 것처럼 모두 열심히 처리해 주셔서 저희 센터가 별 문제 없이 모범적으로 운영될 수 있었던 것 같습니다. 감사한 마음은 두고두고 갚도록 하겠습니다", "개인의 힘은 약하지만 조직의 힘은 정말 강한 것 같습니다. 모두의 노력으로 바이러스를 잘 극복하고 있듯이 앞으로 다가올 어려움들도 잘 극복할 수 있으리라 믿습니다. 모두들 화이팅!" 등 서로에게 보내는 감사와 격려 문자로 가득하다.

불닭발이 꽤나 맵다. 콧등에 땀이 맺히지만 자극적인 맛이 자꾸 젓가락질을 하게 만든다. 불과 며칠 전까지 얼마나 지겹게 도시락을 먹었던가. 센터 근무는 다시 할 수 있어도 삼시 세끼 도시락만 40~50개를 내리 먹지는 못할 것 같다. 처음 며칠은 잘 몰랐는데 주문 도시락은 왜 내용물이 다 똑같은지. 그 밥에 그 반찬이다. 심지어 배달하는 동안 식어버려 팔공산에 도착하면 찬밥이 되어 있었다. 채소 반찬은 그나마 괜찮으나 고기류는 굳어서 허옇게 기름기가 끼니 먹기 꺼려졌다. 불과 2주 전에 있었던 일이다. 그러나 2년은 된 듯한 기분이다. 나는 팔공산에 있었다. 대구가 코로나로 뒤덮이던 바로 그때.

팔공산
생활치료센터로

"와 이래 돌아 댕겼노?"

31번 환자에 전국이 발칵 뒤집혔다. 국내에 처음 확진자
가 발생하고 한 달이 되어 갈 즈음, 봄소식을 알려 줄 벚꽃
의 개화를 들떠 기다리던 청정 지역 대구에 코로나가 급습
한 것이다. 그것도 중국 여행 이력도 없고 확진자와의 접촉
자로도 분류되지 않은 사례이다. 1월 20일 우리나라에 첫
확진자가 발생한 이후 31번 환자 발생 전까지 감염된 이들
은 모두 우한 거주자이거나 방문 이력이 있는 경우로, 그들
만 잘 격리하면 지역 내 확산을 막을 수 있지 않겠나 하고

안일하게 생각했다. 그러나 환자를 통한 2차, 3차 감염이 현실화되고 수도권을 넘어 전북, 광주 등으로 바이러스가 전파되더니 드디어 '메디시티' 대구까지 뚫린 것이다. 긴박한 소식은 오전 10시경 속보로 전국 전파를 탔다.

화들짝 놀란 대구와 함께 온 나라가 하루 종일 확진자의 감염 경로와 동선을 실시간으로 보도하느라 텔레비전 채널마다 부산했다. 31번 확진자에 대하여 수군거리느라 일에 집중하기 어려운 건 사무실도 마찬가지였다. 점심을 먹기 위해 구내식당에서 줄을 섰는데 식사 중인 직원들 눈이 하나같이 천정에 매달린 텔레비전에 고정되어 있었다. "대구에서 31번째 확진자 발생, 감염원 오리무중 세 번째 사례", "31번 환자, 교회·예식장·호텔 등 대구 시내 누비고 서울도 방문" 등의 기사 제목이 한두 시간이 지나자 "코로나19 31번째 확진자, 슈퍼전파자 될 가능성 높아"로 변경되었고, 각종 매스컴마다 시끄럽게 보도하기 시작했다.

한 치 앞을 볼 수 없다는 것이 이런 경우인가 보다. 감염 일주일은 지나야 검체 검사를 통한 양성 여부를 알 수 있고, 증상 또한 무증상에서 중증까지 있다고 하니 지금 내 옆의 멀쩡한 이 사람이 내일은 확진자가 될 수도 있는 상황이었다. 전대미문의 코로나 바이러스에 대한 공포로 떨고 있을 때 대구에 슈퍼전파자가 발생하였고, 급속한 전파 속도에 보건·의료 시스템은 마비되고 모두들 패닉에 빠졌다.

타 지역으로의 확산을 막기 위해 긴급중앙대책본부가 시청 안에 차려지고 동산의료원이 감염병 전담 병원으로 지정되었다.

대구를 공포의 도가니로 몰아넣은 31번 확진자. 그는 신천지예수교회 신도였다. 2020년 1월 29일 서울 강남에서 감염되었을 것으로 추정되며, 거주지 대구에서 2월 6일 교통사고를 당한 후 17일까지 병원 입원 중 의료진의 코로나 진단 의견을 거부하다 18일 확진 결과가 나올 때까지 20여 일을 남구에 위치한 교회와 동구의 지인 결혼식을 다니며 평소와 다름없이 활동한 것으로 알려지면서 이러한 무책임한 행동에 지역사회를 넘어 전국이 경악하였다. 방역의 사각지대에서 있던 그의 정확한 동선 파악이 지체되는 가운데 다음날인 2월 19일부터 대구·경북 지역을 중심으로 추가 확진자가 두 자릿수씩 나타나기 시작했다. 방송에서는 31번 환자를 슈퍼전파자로 기정사실화하였으며 중국 우한에 이어 국가 방역 시스템이 뚫린 우리나라에 과거 사스와 메르스 때와 같이 신종 감염병에 대한 보건·의료 및 국가 재난 시스템 위기 사태가 재발하는 것은 아닌지 깊은 우려를 나타내고 있었다. 나는 그의 활동 반경 안에 우리 집이 들어간다는 사실이 염려되었다. 그러나 다음날 서울 코엑스에서 개최 예정인 국무총리 주재 확대 무역 전략 회의에 참석하기 위한 최종 자료를 준비하느라 코로나 관련한 정보는 귓등으로 하고 코앞에 닥친 현안 처리에 바빴다.

그때만 해도 중국 우한발 신종 바이러스에 대한 의학 정보가 부족하여 전파력이 어느 정도인지, 언제까지 유행할 것인지에 대해 예측하기 힘들었다. 일부에서는 감기 바이러스의 일종으로 메르스 때와 같이 날이 따뜻해지면 수그러들 것이라고 했다. 그러나 신천지 신도를 중심으로 급격히 불어나는 코로나 확진자 수는 대구·경북 지역 병원들의 병상 부족을 초래하였고, 결국 중증 환자가 치료를 받지 못하고 사망하는 일이 벌어졌다. 감염병에 대한 정부의 초기 대응이 안일하다는 비판도 제기되었다. 중증 환자에 대한 우선적 치료와 병상 부족 문제를 해결하기 위해선 경증 환자를 위한 별도의 격리·치료 시설이 절실했다.

3월 2일 대구 신서동 혁신도시 소재 중앙교육연수원에 전국 최초로 생활치료센터가 문을 열었다. 이어 경북대병원, 삼성서울병원, 농협경주교육원 등 전국에 국가 지정 생활치료센터가 오픈하였다. 3월 4일, 그러니까 31번 확진자가 등장한 지 보름 만에 대구시에서도 생활치료센터의 직접 운영을 발표했다. 칠곡 대구은행 연수원, 칠곡 천주교 대구대교구 '한티 피정의 집' 등이 대상지였다.

전국에 있는 의사, 간호사들이 의료 손길이 부족한 대구로, 대구로 몰려들었다. 자원봉사와 함께 기부의 손길도 이어졌다. 일반인에서부터 유명인까지, 그리고 기업인까지. 항상 수구 꼴통의 대표 보수 도시로 외톨이 같던 대구가 이렇게 전 국민의 관심과 지원을 받은 적이 있었는가 싶었다.

시에서도 직원을 대상으로 근무 희망자를 모았다. 평소 호기심이 많고 오지랖이 넓은 나는 급속도로 퍼져 나가는 병원체에 대한 두려움보다 궁금증이 더 컸고, 국가 위기 상황에 적극적으로 참여하고 싶어 제일 먼저 근무를 자청하였다. 그렇게 모인 십여 명이 신청 당일 바로 현장 파악을 위해 이동하였다. 그만큼 급박한 순간이었다.

먼저 문을 연 중앙교육연수원 생활치료센터에 들러 운영 상황에 대한 벤치마킹과 함께 센터를 처음 구축시 참고하여야 할 주의 사항에 대하여 경청하였다. 중앙교육연수원 내 치료센터에는 대구시를 비롯하여 복지부, 환경부, 국방부, 소방청, 경찰청 파견자와 의사 및 간호사, 폐기물 및 방역 소독 업체 등이 상주한 상태였다. 여러 분야의 전문가가 참여하다 보니 의사소통과 전달 체계에 혼선이 있어 보였다. 코로나 발생 초기 경증·무증상 환자의 격리 치료를 목적으로 한 생활치료센터는 대구에서 최초로 시도하는 사업으로 선례가 없었다. 그렇기에 먼저 시설을 운영한 경험은 무엇보다도 소중했다. 새겨 듣고는 팔공산으로 향하였다.

발열 도시락을
아시나요?

생활치료센터의 기본 식사는 도시락이었다. 참으로 지겹
도록 도시락을 먹었다. 편의점에서 파는 흔한 도시락은 아니
었다. 적어도 가격은 그랬다. 마흔두 개의 도시락을 먹어야
만 퇴소가 가능한 감옥 아닌 감옥 생활을 해야 하는 생활치
료센터에서 밥 먹는 시간은 가장 재미있고 다른 근무자들
얼굴도 보고 대화도 나눌 수 있는 하루 중 제일 기다리는
시간이었다. 급식팀도 중요함을 느꼈는지 음식이 덜 지겹도
록 자주 업체를 바꾸고 아침저녁으로 메뉴를 바꿔 주었지
만, 도시락은 도시락이었다. 특히 입맛 없는 아침이면, 도시

락을 받아 들고는 한동안 멍하니 쳐다보다가 밥숟가락을 들었다. 아무리 맛난 도시락도 한두 번이지 하루 삼시 세끼를 몇 날 며칠 먹으면 질리기 마련이다. 입소자도 관리자도 의료진도 모두 도시락에 지쳐 가고 있었다. 그러던 어느 날, 발열 도시락이 나왔다. 발열 도시락이라고? 처음 보았다. 급식팀에서 고생하는 센터 근무자들에게 따끈한 밥을 먹게 해주고 싶었나 보다. 난생 처음 보는 도시락이다. 도시락 통 사이에 공기층을 두고 속 그릇, 바깥 그릇 이중으로 나뉘어 있다. 음식과 밥이 들어 있는 속 그릇을 들면 발열체가 있는 겉 그릇이 나온다. 함께 제공되는 물 300밀리리터를 발열체 위에 붓고 재빨리 속 그릇을 넣고 뚜껑을 닫으면 몇 초 내로 부글부글 물이 끓으면서 뜨거운 김이 발생하는데, 그대로 5분 정도 놓아 둔 후에 뚜껑을 열어 보면 신기하게도 방금 한 것처럼 밥과 반찬이 따끈따끈하다. 미지근한 밥과 국만 먹다가 따끈한 식사를 하니 몸이 데워지면서 밥 먹는 기분도 났다.

그러나 사람이란 얼마나 간사한지 그것도 금세 익숙해져 시시해졌다. 발열 도시락은 따끈하게 먹을 수 있다는 장점 외에는 나은 게 없었다. 가격은 더 비싸고 반찬은 기존 도시락에 비해 부실했다. 다시 도시락을 받아 들고 멍 때리는 시간이 길어졌다. 도시락 외에 컵라면을 매끼마다 먹기 시작한 건 그때부터였다. 한 젓가락 하니 혓바닥에 착 감기는 화학

조미료의 맛이 즉각적으로 미각에 백 퍼센트 만족감을 주었다. 역시 라면이야, 하며 꼬불꼬불한 유탕면을 후루룩 흡입하다 보니 문득 왜 먹방 유튜버들은 그렇게 라면 먹방을 자주 하는 걸까 하는 생각이 든다. 라면 먹방 챌린지도 하고 새로이 판매 중인 라면을 먹방으로 소개하기도 하는데 특히 ASMR 효과를 위해 요란한 소리와 함께 '면치기'를 하고 있는 모습을 보고 있자면 야식을 금해야 하는 다이어터들을 유혹해 어느덧 불 위에 라면 물을 올리게 만든다. 나는 라면을 자주 먹지는 않았는데 생활치료센터에 와서는 매일 먹게 되었다. 국물까지 마시니 그릇에 바닥이 보이는데도 아직 속이 허전하다. 새우탕으로 했으니 이번에는 오징어짬뽕으로 가볼까.

한번은 급식 담당자가 아침 도시락 주문을 잊어버렸다. 담당자는 물론 담당 팀장 얼굴까지 파랗게 변했다. 우리는 모두 그럴 수도 있다고 말하면서도 환자들 아침밥을 걱정하기 시작했다. 지금 주문을 하면 점심때가 다 되어야 배달이 가능하다고 한다. 우선 점심 도시락을 시켜 놓고 아이디어를 짜내기 시작했다. 기증 물품을 보니 사과, 참외, 토마토 등 과일과 파우치로 된 죽이 있었다. 환자들도 매일 도시락을 먹어서 물릴 텐데 오늘 아침은 특식을 제공하는 걸로 의견을 모았다. 지원단 열 명이 모두 덤벼들어 과일과 죽, 빵과 우유 등 70개의 아침 급식을 포장하기 시작했고, 군인 봉사자들을 통해 서둘러 배식을 했다. 잠시 후 땀이 범벅이 된 방호복 차림의 봉사자들이 내려왔다. 긴장하면서 환자들의 반응을 기다리고 있는데 다행히 불만을 제기하는 이는 없었다. 우리 모두 가슴을 쓸어내렸다.

도시락에는 차별이 없다. 지위의 높고 낮음과 상관없이 똑같이 차려진 밥과 찬으로 한 끼를 해결한다. 센터 내 누구도 예외는 없다. 그러나 우리가 살고 있는 센터 밖 사회는, 그 사회가 크면 클수록 질서와 통제의 효율성을 위한 사회적 구조가 조직화되어 있다. 모든 구성원들에 대한 지위와 암묵적 서열이 매겨져 있다. 계급 앞에서는 하명과 복명이 있을 뿐이다. 오늘을 살기도 바쁜 현대인들에게 사회적 대의는 사치이고 눈앞의 이익이 더 중요하다. 이런 개인들의 많은 이해관계가 거미줄처럼 얽혀 있는 게 우리가 사는 사회이다. 생활치료센터라는 작은 사회는 입소한 환자들의 치료 및 사회로의 정상 복귀라는 단일 목표만 공유하고 있어 수평적이고 대등한 평등 사회가 이루어질 수 있었다. 기능과 역할에 따라 세 개 팀으로 나누어져 있으나 경쟁 관계가 아닌 협력 관계였고 팀별 업무 수행 외의 시간에는 모두가 하나가 되어 경계 없이 협업했다. 그 시간을 돌아보며 이런 면이 작은 사회의 이점이 아닐까 하는 생각을 했다.

생활치료센터의
24시간

처음 생활치료센터에 배치되었을 때, 시설관리팀을 맡아야겠다고 생각했다. 그래야 센터 준비에서 시설 운영까지, 필요한 A에서 Z까지 모두를 알 수 있을 것 같았다. 그런데 배치된 팀장급 세 명 중 두 명이 남자였다. 여자인 내게는 물품관리팀을 맡기겠구나, 생각했다. 2주치 짐을 챙겨 같은 동네에 사는 다른 팀장과 함께 생활치료센터로 출근을 하는 첫날 옆에 앉은 팀장이 말하길, "사실 나는 센터 근무 자원하고 싶지 않았어요. 내가 선천적으로 기관지가 좋지 않거든요. 그래서 조금 겁이 나네요"라고 했다. 그럼 다른 근무지로 신청하지 왜 센터 근무를 자원했냐고 물었다. "남들 눈도 있고 한데 내가 하기 싫다고 안 할 수 있나요?"라고 반문한다. 그래서 "그럼 제가 시설관리팀을 맡을까요? 그 팀은 혹시라도 방호복을 입고 환자 존으로 갈 확률도 있을 것 같아요. 다행히 저는 기관지 관련해서 별다른 문제도 없고요"라고 내 의사를 밝혔다. 그는 이따 보고 결정하겠다고 하고는 "3월이 되었는데 아직 날씨가 춥네요"라며 화제를 돌렸다. 나는 내 의사를 충분히 밝혔으니 본인이 알아서 할 거라 생각하고 더 이상 언급하지 않았다. 도착하자마자 지원단장이 회의를 소집했다. 예상대로 내게 물품관리팀이 돌아오려는 찰나, 기관지 나쁘다는 팀장이 말했다. "제가 기관지가 좀 안 좋은데 시설팀을 맡으려니 걱정이 되네요, 괜찮다면 임 팀장님께 수고를 부탁하고 싶네요." 업무 분장은 그렇게 마무리되었다.

준비된 것은 아무것도 없었다. 하루 반나절 만에 모든 것을 세팅해서 환자 70여 명을 받아야 했다. 우리가 담당하게 된 대구은행 연수원은 1개 동 6개 층으로 이루어진 곳으로, 환자와 근무자가 같은 빌딩 안에서 24시간을 함께 있어야 하는 취약점이 있었다(오염존과 클린존의 분리를 통한 에어로졸 차단이 중요했다. 환자가 머무는 공간과 입·퇴소 시 이동 동선은 모두 오염존에 해당하고, 그 외 구역은 클린존이다). 환자가 머무를 6층과 5층 이하로 구분해서 연결되는 모든 통로를 차단하고 그 위에 몇 겹의 비닐로 덮어 밀폐하였다. 두 대의 엘리베이터를 오염존과 클린존으로 구분하고 혹시 모를 오염된 공기의 침투에 대비하여 공기조화 시설도 확인하였다. 환자와 직접 접촉하고 해당 구역에 들어가 작업할 의료진과 방역 및 폐기물 팀은 레벨 D 방호복을 입어야 했다. 그들이 작업 후에 오염된 방호복을 벗고 소독 후 클린존으로 나올 수 있도록 6층 출구에 클린룸이 설치되었다. 의료진이 문진 중에 간단한 치료를 할 수 있는 치료실도 환자 구역 내에 구축하였다.

근무 명령이 난 열 명은 총괄팀, 물품관리팀, 시설관리팀으로 나뉘었다. 총괄팀은 의료진, 환자, 행정 지원 인력 등을 포함한 전체 인력 수용과 센터 운영 전반을 맡았다. 물품관리팀은 센터 운영에 필요한 물품 조달을 맡았는데 환자들뿐만 아니라 의료진에서 필요로 하는 것도 접수하고 공급하였다. 흡사 만물상과 같았다. 물품관리팀은 전부 남자로 구성되어 있어 가끔은 그들을 당황하게 만드는 요구 사항도 있었다. 한번은 직원이 전화를 받고는 당황한 표정을 지었다. 무슨 전화이기에 그러냐고 물으니 멋쩍게 웃기만 할 뿐 선뜻 말을 꺼내지 못한다. 들어 보니 입소자가 여성 위생 용품 오버나이트를 요청했다면서 오버나이트라는 것도 있냐고 묻는다. 물론 구비한 생리대에 중형과 대형 사이즈는 있었다. 그런데 굳이 오버나이트를 요구한다. 다시 전화가 온다. 빨리 가져다 달라는 독촉이었다. 해당 직원이 거래하는 슈퍼에 전화를 넣었다. "여성 위생 용품 중에 오버나이트라는 게 있나요? 네, 그것 좀 얼른 갖다 주세요." 직장 동료와 여성 위생 용품에 대해서 얘기하는 날이 오리라고는 상상도 못 했다. 나는 스르륵 딴청을 부리며 자리를 옮겼다.

시설관리팀은 청소 및 방역, 방송실 및 CCTV 등 보안, 센터 시설 전반에 대한 관리를 맡았다. 즉 사무실 준비와 함께, 환자들을 24시간 모니터링하기 위한 CCTV를 설치하고 방송 시설을 확인하였다. 환자들이 체류하는 동안 필요한 물자들을 각 방에 배치하였고, 의료 및 일반폐기물 배출에 필요한 물품과 수거할 때까지 오염 물질을 보관할 컨테이너를 확보하고 처리 업체를 찾아 계약하였다. 센터에 머무르는 동안 지켜야 할 생활 수칙과 입·퇴소시 안내문도 준비하여 각 방에 부착하며 환자 입소에 대비하였다. 내 역할은 대략 이런 것들이었다. 환자는 아직 도착하지 않았다.

갑작스런 수요로 인해 방역 업체와 특수 폐기물 처리 업체 확보가 어려웠다. 그럼에도 우리와 계약한 방역 업체 대표는 책임감을 가지고 일하는 분이었다. 하루에 6~7번 이상 실시되는 건물 소독을 스태프들과 함께 직접 했다. 의료·생활 폐기물 배출을 위해 용역 업체에서 나온 분들도 전대미문의 전염병에 대한 두려움에도 불구하고 레벨 D 방호복을 하루에 몇 차례씩 입고 벗는 수고를 마다하지 않으며 안전한 오염 물질 배출에 노고를 아끼지 않았다(인력시장에서 지속적인 일자리를 구하기 어려운 일용직인 분들이라 위험수당까지 합해 하루 일당 두 배 이상의 고소득을 뿌리치기 어려웠을 테지만, 담배도 끊어야 하고 외출도 못 하는 불편함에도 불구하고 장기 근무를 희망하였다). 국방부에선 군인 두 명이 파견되었다. 주 업무는 급식 및 물품 배달이었다. 처음 한 명은 6층 오염존으로 올라가는 것에 대하여 강한 거부감을 표시하였다. 환자나 오염 물질을 직접 접촉하는 것은 아니지만 레벨 D 수준의 방호복을 착용하기로 합의한 후 맡은 업무를 하였다.

센터 안에 아예 들어오지 않으려는 근무자도 있었다. 아이러니하게도 센터 치안을 맡은 경찰들이었다. 이들이 건물 내 출입을 거부하면서 새로이 설치된 CCTV 모니터링실 근무를 아침 6시부터 23시까지 하루 열일곱 시간은 지원단에서 팀별로 돌아가며 했고, 그 외 야간은 당직 근무 명령을 통해 밤샘 근무를 하였다. 한번은 센터 내 무단 침입자가 발생하였다. 경찰에게 연락하여 레벨 D 방호복을 착용하고 오염존으로 들어가 검거해 줄 것을 요청했으나 오염존 출입을 두려워하여 한 시간이 넘도록 못 들어가겠다고 실랑이를 한 적도 있었다. 근무 초기 바이러스에 대한 근무 매뉴얼이 없다 보니 막연한 두려움에서 생긴 해프닝이었다.

내가 상주한 센터로 입소한 환자는 신천지예수교회 신도들이었다. 이들은 레벨 D 방호복을 입고 버스에서 내려 환자전용 엘리베이터를 통해 지정된 방으로 이동하였다. 대부분 20대였고 40대도 일부 있었다. 젊은 사람들 중에는 부모님 몰래 신천지를 다녔거나 청년 모임인 줄 알고 갔다가 감염되고 나서야 신천지였다는 사실을 알게 된 사람도 있었다. 지원단에 전화해 제발 부모님은 모르게 해 달라고 간청하는 이도 있었다.

생활치료센터의 24시간은 아침 6시부터 본격적으로 시작되었다. 환자 구역에서 오염존을 따라 폐기물 집하장까지의 소독을 첫 일정으로 일반 폐기물 수거 및 건물동 전체를 소독한다. 이어 도시락 배급을 준비하고 금일 퇴소자나 입소자, 검체 검사 대상자 등 환자들 현황을 파악한 후에 전날 모아 둔 생활 및 의료 폐기물을 방문 밖에 배출토록 입소자들에게 안내 방송을 한 후 수거하여 폐기물 집하장으로 이동 조치 후 소독을 실시하면 의료진의 오전 문진이 이어졌다. 점심 도시락 배급 및 소독, 그리고 입소자들의 마음 건강과 스트레스 해소를 위한 오늘의 명상, 오후 문진 및 이상 증후가 있는 환자들에 대한 처방, 검체 검사 등 모든 일정은 정해진 시간표대로 실시되었다. 저녁 식사 후 전체 방역을 끝으로 하루 일정을 마친다. 물 샐 틈 없는 일정이다. 이 모든 일정이 끝나면 지원단원들은 일일 보고서를 작성하고 상부에 보고하였다. 그렇게 공식적인 하루 일정을 마무리하였다. 그러나 이것으로 끝이 아니었다. 방송통제실에서의 야간

3교대 근무가 남았으니까.

　생활치료센터 운영지원단은 대구시청, 복지부, 국방부, 행안부, 환경부, 경찰 및 소방 인력과 의사와 간호사, 방역 및 폐기물 처리팀 등 민관 합동으로 구성되었다. 이들 중 의사는 전문의 없이 군의관 두 명만 배치되었다. 시설이 소규모라 2교대 근무를 기준하여 인력을 배치한 것이다. 그중 한 명은 전역을 한 달 앞둔 탓인지 배치되었을 때부터 불만이 많았다. 수시로 지원단에 전화를 걸어 불만을 제기했으나 의료진 파견은 복지부에서 담당하고 있어 지원단 권한 밖의 일이었다. 어쩔 수 없이 센터로 온 그는 다른 후배 군의관과 간호사들에게 계속 불평불만을 일삼으며 부정적 여론을 조성하였다. 처음에는 환자존에도 들어가지 않으려는 등 지원단을 힘들게 하였다. 경험이 적어서인지 미지의 바이러스에 대한 두려움은 나와 다를 바 없었다. 근무 다음날부터 인건비 지급 기준이 무엇인지를 따졌고 군의관 두 명으로는 근무할 수 없으니 3교대 근무할 수 있도록 인원 추가와 함께 부족한 의료 장비 및 의약품도 보강해 줄 것을 요구하였다. 즉각적인 대답을 못 하자 20대의 젊은 군의관이 "왜 그렇게 머리가 나빠요? 말귀를 그렇게 못 알아들어요?" 한다. 훅 들어온 인격 모독적인 발언에 정신이 멍해졌다. 그는 행정의 투명성과 공정성을 요구하며 A4 두 페이지에 달하는 요구 질의서를 정식으로 제출하였다. 센터 운영 목적이 폭발하는 경증 환자를 신속하게 격리 수용하기 위한 것이라 초반에는 운영 매뉴얼도 없었다. 센터 운영을 위한 재원에 대하여도 참여 부서와 기관 간 합의도 안 되어 있는 상태였다. 일단 몸으로 부딪혀 상황을 해결해 나가야 했다. 지원단 근무자들은 하루에 서너 시간 이상 잘 수가 없었다. 나는 의료 봉사하러 온 분들의 성급한 요구 사항을 이해하기 어려웠다.

결국 의료진과의 갈등이 폭발하게 된 사건이 발생하였다. 레벨 D 방호복을 입고 건물 소독 중인 방역팀이 환자가 있는 오염존 소독을 마치고 오염존이 아닌 청정존 엘리베이터에 타고 이동하는 것을 본 간호사가 해당 방역 근무자에게 언성을 높였고 지원단에 내려와 강하게 항의를 한 것이다. 근무 의식도 없는 방역 업체와 일할 수 없으니 당장 교체해 달라고 하였다. 방역 업체의 얘기를 들어 보니 이미 소독약을 온몸에 분사하여 아무 문제가 없는데도 의료진이 너무 민감하게 반응하고 있다며 기분이 상해 더 이상 일을 못하겠다고 하였다. 오라는 데도 많고 단가를 더 쳐 주는 곳도 많은데 굳이 그런 소리를 들으며 일할 필요 없다는 거다. 간호사도 한 치의 양보가 없었다. 그렇다고 대체할 수 있는 방역 업체를 구하기 힘든 상황에서 업체를 나가게 할 수는 없었다. 나는 방역팀과 의료진 사이를 오가며 재발 방지를 약속하며 중재에 나섰다. 다시 한번 레벨 D 방호복 착용에 대한 교육을 전 근무자들 대상으로 실시하고, 유사한 상황이 재발되지 않도록 하겠다는 지원단장의 약속과 함께 상황은 일단락되었다. 그리고 우리는 생활치료센터의 현재 상황을 보건복지부에 보고하고 재교육 실시와 전문의 파견을 요구하였다.

심장을 울린
수녀님의 미소

그분이 오셨다! 생활치료센터 개소 준비 중이던 초기, 의료진 교육과 방호복 착용 시연을 위해 방문했던 서울성모병원의 가정간호팀장이다. 구심점 역할을 해 줘야 할 전문의도 없이 우왕좌왕하고 있는 센터 상황을 듣고 지원을 위해 다시 방문하신 것이다. 도착하자마자 바로 의료진과의 미팅을 잡으며 말씀하셨다. "우리는 환자 돌보는 일을 선택한 사람입니다. 봉사가 우리의 할 일입니다. 물론 시설이 훌륭하고 인력도 많고 하면 더할 나위 없겠죠. 그러나 부족한 상황에서도 우리는 최선을 다해야 합니다. 부족한 환경이 핑계가 될 수 없습니다. 오늘부터 며칠간 저는 여러분들과 같이 지낼 것입니다. 상황이 개선되지 않으면 계속 이곳에 남도록 할 것입니다."

박영혜 수녀님('영원한 도움의 성모 수도회' 소속)은 대구·경북 지역에 코로나19가 한창이던 3월 초, 우리 지역 확진자들을 돌보러 달려온 분이다. 경북 칠곡에 있는 '한티 피정의 집' 생활치료센터를 전담하면서 우리 센터를 지원하러 오신 것이다. "수도자로서 그리고 의료인으로서 당연한 일인데요. 이런 일이 생기면 어차피 누군가는 해야 하고, 간호 수녀로서 해야 할 일을 한 거지요. 그리고 저 같은 사람은 가족이 있는 사람보다 움직이기가 쉽잖아요." 수녀님이 환하게 웃으신다. 믿음과 실천이 일치한 사람에게서만 느낄 수 있는 강력한 설득의 힘이 우리 모두에게 전달된다.

수녀님이 의료진과 별도 미팅을 갖는 사이, 센터운영실에서는 레벨 D 방호복의 올바른 착용 방법과 감염병 상황 속 센터 근무 수칙을 재교육하기 위해 방역, 청소, 경찰 관계자 등 전 근무자를 한곳에 모이게 했다. 잠시 후 수녀님이 의료진들과의 회의를 마치고 내려오셨다. 다들 분위기가 차분하다. "다들 오셨나요? 그럼 지금 교육을 시작할까요?" 테이블 위에 준비되어 있는 방호복, 고글과 마스크, 속장갑과 겉장갑 등 레벨 D 방호복 착용에 필요한 것들이 모두 있는지 확인하고는 입고 벗는 방법을 상세히 시연했다. "벗을 때 더욱 조심해야 합니다. 오염된 겉면끼리 만나도록 뒤집어가며 벗어야 바이러스에 오염되는 것을 최소화할 수 있습니다." 얼마 전 의료진과의 방호복 오착용으로 얼굴을 붉혔던 방역팀원들도 집중해서 수녀님의 시연을 지켜보았다. 참 다행이다, 그녀가 와 주어서. 나지막한 목소리와 온화한 미소로 근무자들의 심장을 묵직하게 울리는 아름다운 그라서.

안전 수칙 교육까지 마친 수녀님은 군의관과 간호사들을 데리고 직접 6층 환자존으로 올라갔다. 방문마다 붙여 놓은 환자들의 자가 문진표를 살펴보고 추가 진단이 필요한 곳은 직접 방문을 열어 면담을 하고 다시 체온을 측정하였으며 각종 주의 사항을 안내하였다. 바이러스 진단이 예정되어 있는 사람에 대해서는 의료진에게 맡기지 않고 직접 검체를 채취하며 솔선수범하였다. 한차례 검진을 마친 후에도 계속 남아서 오염 물질이 남아 있지는 않은지 등을 마지막까지 확인하고는 제일 늦게 내려왔다. 세상이 아직 아름다운 건 자신을 드러내지 않고 보이지 않는 곳에서도 이렇게 묵묵히 소명을 다하는 사람들이 있어서가 아닐까. CCTV 방송통제실에서 수녀님의 모습을 지켜보면서 나를 비롯한 많은 이들이 배움을 얻는 순간이었다.

"사실 미안한 감정이 들었어요." 그녀는 가톨릭방송과의 인터뷰에서 이런 말을 하였다. "이분들을 돌봐 드리면서 많은 생각이 들었어요. 간혹 연세가 드신 분도 있지만 대부분이 젊은이였어요. 그 안에서 제가 만난 분들은 신천지 교인이 아닌 순하고 착한 젊은이들이었어요. 반성을 많이 했어요. 나중에 들어서 알게 된 얘기지만 신천지 교인들은 인간적으로 따뜻하게 접근한다고 하더라고요. 그 많은 젊은이들이 우리가 잘 안아주지 못해서 이렇게 된 것이 아닌가 싶었죠. 그래서 제가 이곳에 온 것에는 하느님의 큰 뜻이 있겠구나 하고 생각했습니다."

대구대교구 '한티 피정의 집' 생활치료센터가 3월 말 문을 닫으면서 경주의 생활치료센터로 자리를 옮겨 확진자를 돌본 수녀님은 장장 42일간의 봉사 기간 동안 80여 벌이 넘는 방호복을 갈아입었다고 한다. "선교 현장에 직접 있지는 않지만 생활치료센터가 저에게는 곧 선교의 현장이었어요. 부족한 저를 하느님의 큰 뜻을 깨닫게 하는 도구로 사용해 주심에 감사할 따름입니다." 내겐 너무 큰 그릇인 그의 미소가 너무도 따뜻하다.

노란 포스트잇과
바구니 안의 편지

마침내 전문의가 왔다. 평택시 최초 종합병원을 운영하고
있는 분이다. 수년째 해외 의료 나눔 봉사를 실천하고 있다
고 한다. 홈페이지에 들어가 보니 환자들의 전인적인 치유
를 비전으로 하고 있었다. 비수술적 방법을 통한 치료가 전
체 치료의 95퍼센트를 차지한다고 하니, 쉽게 수술을 권하
는 이윤에 밝은 병원들과는 달라 보였다. 280개의 병실을
가진 병원을 운영하면 환자를 돌보는 것부터 병원 관리까지
자리 비우기가 쉽지 않았을 텐데, 이 모든 것을 뒤로 하고
대구까지 자진해서 봉사하러 온 분이었다.

도착하는 날이 마침 3월 14일 화이트데이였다. 도착하자마자 하얀 진료가운으로 갈아입으면서, 환자들이 매일 도시락만 먹고 좁은 방에만 있어 육체적·정신적으로 힘들 텐데 이런 날 기운 내라는 의미로 이벤트를 준비하자며 금일봉을 내민다. 그 마음을 외면할 수 없어 건네받은 돈에 근무자들이 십시일반 보태 환자들을 위한 초콜릿, 캔디, 스낵 등을 담은 화이트데이 선물을 준비했다. 그리고 선물에는 따뜻한 위로의 편지를 동봉하였다. 환자와의 직접 접촉을 방지하기 위해 각 방문 앞에 준비된 소쿠리에 담아 두고 안내 방송을 통해 환자들에게 전달하였다.

다음날이었다. 회진을 마친 의료진들이 저마다 상기된 얼굴로 내려왔다. 그러고는 나를 비롯한 센터 근무자들에게 들뜬 목소리로 말해 주었다. 감사 글이 적힌 노란 포스트잇이 방문마다 붙어 있었다고. 너무도 고맙고 기쁜 일이었다. 이곳에 온 보람이 하나둘씩 생기기 시작한 것도 이때부터였다.

평택 병원장님이 센터장을 맡으면서 모든 것이 자연스레 정리되었다. 비로소 센터가 정상적으로 돌아가며 맡은 일에만 집중할 수 있었다. 생활치료센터는 경증 및 무증상 환자가 수용되어 있는 곳이다. 의사라 하더라도 코로나19 환자들이 수용되어 있는 곳에서 24시간 같이 먹고 자고 한다는 것은 쉬운 일이 아닐 터였다. 그는 의료진이 절실히 필요하다는 사회적 요청과 자칫하면 지역사회의 의료 체계가 붕괴될 수도 있는 상황을 지켜보면서 의사로서의 소명이 대구로 발걸음을 향하게 만들었다고 하였다. 결정을 하는 데까지 오랜 시간이 걸리지는 않았다고 한다. 자주 아픈 엄마를 낫게 해 주기 위해 의사가 되기로 결심한 그는 독실한 기독교 신자였고, 삶과 죽음은 하나님 외 다른 누군가가 결정할 수 있는 것이 아니라 믿었다. 확진자가 되면 동선이 분초 단위까지 공개되고 두려움을 느끼는 동시에 타인에게 전파했을 경우 생기는 죄책감 등 복합적인 걱정을 품기 마련이다. 이런 사람들을 생각하면, 감염병이 두렵다는 이유로 손 놓고 있을 수는 없었던 것. 원장님이 대구로 달려온 까닭이었다.

의료진 중에는 나라의 부름으로 인해 (본인의 의사와는 상관없이) 참여한 사람도 있지만 대부분이 우리 사회에 대한 사명감으로 온 사람들이었다. 사직과 무급 휴가를 쓰고 온 사람들, '장롱 면허'를 이럴 때 의미있게 써야겠다고 찾아온 사람 등, 개개인마다 스토리가 있었다.

센터 개소 이후 대구시에서 나온 근무자들이 진행하던 생활치료센터 안내 방송을, 환자들에게 심리적 안정감을 주고자 의료진이 직접 하겠다고 나섰다.

"팔공산 생활치료센터 여러분, 비가 촉촉하게 내리는 아름다운 아침입니다. 안녕하세요? 저는 여러분들의 건강을 책임지고 있는 의사 ○○○입니다. 오늘부터 여러분들에게 건강에 대한 정보를 드려 생활치료센터에 건강히 계시다가 퇴소하실 수 있도록 돕기 위해서 의료진이 직접 하루에 한 번씩 방송을 하게 되었습니다. 오늘 알려 드릴 건강 정보는…."

환자들의 반응은 더욱 뜨거웠다. 이제는 노란 포스트잇이 아닌 장문의 감사 편지가 방문 앞 개인 바구니 안에 담기기 시작했다.

센터는 초기의 소란스런 시절을 잊은 듯 질서 정연하게 돌아가기 시작했다. 의료진들, 특히 간호사들은 환자들의 요구 사항을 일일이 지원단에 전달하는 등 그 누구보다도 열심히 땀을 흘렸다. 방호복을 입고 문진을 마치고 내려올 때면 땀으로 범벅이 되어 있었다. 3월이면 아직 팔공산 자락에 서리가 내릴 정도로 추운 날씨임에도 반팔을 입은 채로 땀을 식혀야 했다.

2020년 12월 그는 자신의 병원을 민간 병원 최초로 코로나 거점 병원으로 내놓았다. 바이러스 확진자 증가에 따라 부족한 병상 확보를 위한 정부의 민간 병원 동참 호소에 제일 먼저 응답한 것이다. 김병근 평택박애병원장은 말한다. "우리 병원은 누군가는 해야 할 일을 처음 하는 것뿐입니다."

　도립공원에 위치한 탓에 내가 근무한 생활치료센터에는 세탁기가 없었다. 환자와 지원단, 의료진 등 모든 근무자는 제공된 빨랫비누로 스스로 세탁해야 했다. 또한 환자들은 방에서 발생되는 모든 폐기물을 일반폐기물과 의료용 폐기물로 분리하여 방문 앞에 정해진 시간에 배출하여야 했다. 대부분의 환자들은 의료진과 지원단에 적극적으로 협조하였다. 바이러스라는 미지의 상대와 싸우면서도 긴장 속에서의 센터 생활은 별다른 문제 없이 무탈하게 흘러갔다.

　기업, 단체 등에서 보내오는 구호 물품과 함께 지역민의 온정도 이어졌다. 상가번영회에서는 기운 내라고 면역력에 좋다는 홍삼을 보내왔고, 베이커리 숍에서는 핸드메이드 쿠키를 직접 쓴 손 카드와 함께 일일이 포장해서 기부해 주셨다. 어느 지역에서는 생활치료센터 지정에 반대하는 시위를 했다는데, 우리 센터가 들어선 칠곡 동명면 주민들은 입소 환자들의 쾌유를 기원하는 현수막을 차량 진입로에 설치하고 환영해 주었다. 특히 지역 상가회에서는 코로나 경증 환자들 모두가 우리들의 이웃이고 가족이다, 당장 매출에 타격을 입더라도 국민의 한 사람으로서 역할을 다하겠다는 의지를 밝혔다.

경상도 사람을 수구 꼴통 보수라고 칭하는 사람들이 있다. 단면만 보면 그럴지도 모르겠다. 어디나 그렇듯 일장일단이 있는 법. 특정 지역에 대한 특정한 성향 운운하는 것부터가 지역성을 가르는 시작이다. 나는 코로나로 인한 미증유 사태 앞에서 대의를 위해 하나가 되는 모습을 똑똑히 보았다. 이것이 바로 대구·경북의 진정한 힘이 아닐까 생각했다.

생활치료센터에 모인 다양한 배경의 사람들 사이에 연대의식도 날로 강해졌다. 내가 맡고 있는 시설관리팀은 방역반, 폐기물 처리반, CCTV 모니터링실, 그리고 센터 건물 소유자인 대구은행 시설팀을 모두 관리하였다. 때문에 자칫 긴장을 놓으면 불편해질 수도 있는 상황이었으나 팀원 모두가 솔선수범해 주었다. 여러 곳에서 날아오는 동시다발적 방역 요청 때문에 일주일 정도만 근무하고 중도에 퇴소하게 된 방역 업체 대표는 발걸음이 떨어지지 않는다며 전 지원단에게 커피를 돌리고는 고맙다는 말과 함께 떠났다.

가족과 떨어진 채 전염병 환자가 머무르는 공간에서 같이 생활한다는 것은 쉬운 일은 아니었을 것이다. 본인 건강도 중요하지만 근무를 마치고 집에 돌아가서도 한동안 가족과 같은 공간에서 함께 생활할 수 없는 부분도 걱정되었을 것이다. 그럼에도 모든 직원들이 웃음을 잃지 않고 매 순간에 최선을 다했다. 어쩔 수 없이 예민해질 때도 있었다. 그러나 누구도 불평불만은 없었다.

드디어! 첫 퇴소자가 나왔다. 두 번의 음성 확정 판정을 거쳐 첫 퇴소자 명단이 결정되었다. 다들 기쁜 마음으로 퇴소 소식을 알렸다.

"그동안 수고 많으셨어요. 내일 퇴소입니다!"

입었던 옷들은 모두 소독약을 뿌려 밀봉하고, 겉옷에서 속옷까지 준비된 새 옷으로 갈아입고 나서야 센터를 떠날 수가 있다. 두 번의 별도 소독을 거친 후 센터 앞에서 기다리던 그리운 가족들의 품에 안기는 환자들을 보면서 가슴이 벅찼다. 거리를 유지해야 했으므로 가까이 다가가거나 큰 소리로 축하한다고 말할 수는 없었다. 우리는 모두 작은 목소리로 "축하해요"라고 말하며 조용히 박수를 쳤다. 몇몇은 감동으로 눈시울이 붉어졌다. 퇴소자들도 거듭 뒤돌아보면서 감사의 인사를 보냈다. 그렇게 환자들의 입·퇴소는 이후로도 계속되었다.

처음 생활치료센터를 구축하고 운영한 1기 팀이 보름간의 근무를 마치고 새로이 근무를 시작할 2기 팀과의 근무 교체를 하루 앞둔 날 저녁, 우리는 모두 한자리에 모였다. 처음의 서먹서먹하고 어색했던 시간들과는 달리 지금은 모두가 동지가 된 듯한 느낌이었다. 시원섭섭한 마음을 달래기 위해 다 같이 기념 촬영을 하면서 이 순간을 영원히 기억하기로 했다. 코로나와 함께 울고 웃은 2020년 그 봄을 어찌 잊을 수 있겠는가.

　며칠이 흘렀는지 몰랐다. 넷플릭스와 유튜브 그리고 전자
책으로 나 혼자만의 시간을 보내던 중 2차 검체 검사를 하
는 날이 왔다. 드라이브 스루 선별 진료소를 통해 검체 검사
를 실시한단다. 패스트푸드점에서 드라이브 스루를 통해 음
식을 주문해 본 적은 있지만, 드라이브 스루로 검체 검사라
니. 실제로 어떻게 운영되는지 궁금했다. 전 세계 최초로 운
영하고 있는 혁신적 검체 검사 방식을 제안한 사람이 인천
의료원의 김진용 감염내과 전문의라고 한다. CNN 등 서구
언론 매체에서 한국을 방문해 직접 체험을 했더랬다.

계속 집에서 꾀죄죄하게 있던 차에 검체 검진겸 바람도 쐴 요량이었다. 산뜻하게 씻고 옷도 모처럼 갖춰 입으니 기분이 상승되었다. 역시 사람은 신선한 공기를 좀 마셔야 한다. 검체 검사가 아니라 드라이브를 하러 가는 양 룰루랄라 괜히 콧노래도 나온다. 바깥 경치도 보면서 관할 선별 진료소가 설치된 대구스타디움으로 향하였다. 여전히 길은 조용하다. 아직은 코로나 기세가 한창인지라 도시 전체가 쥐죽은 듯 조용하다. 드라이브 스루를 통해 검체 채집을 받는 데는 별로 시간이 걸리지 않았다. 그렇게 짧은 드라이브를 마치고 하루라도 빨리 자유인이 되고 싶어서 문자를 기다리고 있는데 이틀이 지나도록 통보가 오지 않았다. 몇몇은 벌써 음성 결과를 통보 받고 신천 강변을 걷고 있다고 하는데 나는 왜 이렇게 연락이 안 오는지. 조바심을 내던 3일차에 드디어 최종 음성 통보를 받았다. 마침내! 자유인이 되었음을 단톡방에 알렸다.

생활치료센터에 같이 있었던 전문의의 기사가 단톡방에 올라왔다. 생활치료센터 경험담을 병원 소재 지역 신문과 인터뷰한 내용이었다. 치료센터에서 같이 일했던 20여 명의 지원단과 의료진들이 한 글자씩 메시지가 적혀 있는 A4 용지를 들고 퇴소 전일 다 함께 찍었던 사진이 대문짝만 하게 나와 있었다. 그 당시 나는 이런 경험을 언제 또 하겠나 싶어서 기념이 될 만한 것을 고민했다. 그렇게 탄생한 문구가

"우리가 바로 코로나19 히어로! 당신을 사랑합니다"였다. 처음 이 문구를 본 사람들은 의외의 반응을 보였다. 히어로라는 표현과 스스로 칭찬하는 문구 때문에 어색해 했다. 나는 말했다. 위대한 업적을 남긴 사람만 히어로는 아니다. 보이지 않는 곳에서 자기 일을 묵묵히 일하는 사람이 인정받고 잘 사는 세상이 좋은 세상이다. 그리고 그런 분들이 진정한 히어로라고 생각한다고. 모두들 고개를 끄덕였다.

"자, 그럼 카드를 뒤집어 놓고 복불복으로 선택합시다. 선택한 후에 순서대로 서 주세요."

그렇게 기념사진이 탄생하였다.

우리 사회에서 히어로라고 칭하는 것은 아무에게나 허락되지 않는다. 누구나 인정할 수밖에 없는 큰 업적을 이루거나 타인을 위해 자신의 목숨을 희생한 사람이어야 한다. "그런 걸로 영웅이면 영웅 아닌 사람 없겠다"라는 비난을 감수해야 하는 한국 사회에서 히어로는 쉽게 허용되지 않는 단어인 듯하다. 팬데믹과 관련하여 '코로나19 영웅'으로 의사와 간호사 등 의료진에 대한 많은 응원 메시지를 볼 수 있었다. 방송마다 나오는 인터뷰를 보면 대부분의 사람들이 의료진에게 공을 돌린다. 그 다음이 소방관, 경찰관 정도일 것이다.

초기 위기사태 발발부터 지금까지 일반 행정 공무원들은 코로나와 싸우는 매 순간을 같이하고 있지만 그들에게 고생했다고 말하는 사람은 거의 없다. "해야 할 일을 하는데 수고했다는 소리까지 듣고 싶냐?"라고 하면 할 말은 없다. 같은 맥락으로, 의료진도 자기 할 일을 한 것뿐일 수도 있지만, 수고로움에 대한 인정이 사회적 지위에 따라 가변적이라면 그러한 사회 조직의 일원으로서 순응하고 살아가야겠지. 시민들에게 욕먹고 언론에 치이고 중앙정부에게 무시당하며 일하다 보니 이골이 난 건지 반 포기 상태가 된 건지 모르겠으나 어쨌든 크게 섭섭하진 않다. 행정 공무원들은 일반 시민들이 잘 활동할 수 있도록 자리를 펴는 역할이지, 잘했다 생색내는 자리는 아니라는 것을 알고 있기 때문이다. 나란 사람부터가 생색내는 데 익숙하지 않으니까. (그래도 좀 고생한 거 같은데…)

최근 대구의 모 병원 원장이 쓴 「코로나19 사태를 맞아 수고하신 대구시청과 보건소 공무원들께」라는 글이 지역 신문에 실린 것을 보았다. 전쟁에서 총칼로 직접 싸우는 병사들이 전부가 아니며 지휘 계통이 흐트러지고 보급이 엉망인데 이기는 전쟁은 없으므로, 코로나19와의 전투에서 직접 싸운 의료진의 노고 외에도 보이지 않는 곳에서 후방 지원을 훌륭히 수행해 준 대구시청과 보건소 공무원들의 수고에 대한 고마움을 간과해서는 안 된다는 내용이었다. 그래도 우리를 지켜봐준 사람이 있구나 싶어 감사했다. 시민들은 "웬 공무원?" 하고 뜬금없다고 생각했을 수도 있겠다. 글이 실린 지 한 달이 지났는데 기사 평가에서 '좋아요'가 24개뿐이다. 철밥통, 탁상 행정에, 개혁의 대상이 되는 공무원에게 칭찬이라니, 반감이 들어 기사 추천이 적었을 수도 있을 거라는 생각이 스쳐 지나간다.

영웅이란 무엇일까. 대의를 위해 목숨을 초개와 같이 던진 사람일까. 물론 그러한 희생으로 많은 사람들이 큰 깨달음을 얻고 깊은 감동과 반성을 하는 것에는 의심의 여지가 없다. 그러나 극한까지 몰아붙여 위대한 영웅들이 출현할 때까지 평범한 사람들이 아무것도 하지 않아야 하는 건 아니다. 극한의 상황이 되기 전에 작은 타협과 이해가 이루어질 수만 있다면 큰 희생을 치르지 않아도 되었을 것이다. 오늘의 작은 갈등을 서로 다른 입장에 대한 이해와 배려로 해결하려는 적극적 자세를 가진다면 갈등 해소를 위한 사회적 비용을 절감할 수 있을 것이다.

최근 들어, 전염병 상황을 극복하는 과정에서 우리 주변의 '리틀 히어로'에 대해 주목하고 소개하는 방송 프로그램이 있어 반가운 마음이다. 자기의 역할을 다함으로써 사회가 정상적으로 돌아갈 수 있도록 애쓰는 보통의 평범한 사람들 모두가 우리의 영웅이다. 먼 곳이 아닌 주변의 이름 없이 아름다운 그들이 진정으로 우리에게 필요한 히어로이다. 행복을 일상의 소소한 기쁨에서 찾아야지, 멀리 무지개 너머까지 찾으러 갈 수는 없지 않은가? 어디서나 볼 수 있는 내 주변의 밝은 미소를 가진 이웃, 더 나은 사회를 만들기 위해 소신을 갖고 흔들림 없이 걸어가는 의지의 당신이 바로 '리틀 히어로'이고, 지금 우리는 그런 당신이 절실한 시대에 살고 있다.

대구가 코로나의 진앙지로 부상하자 평소 대구를 수구 꼴통 극보수 지역으로 치부하던 사람들은 코로나 확산을 막기 위해 중국 우한처럼 서둘러 봉쇄령을 내려야 한다고 목소리를 높였다. 열이 확 올라왔다. 평소에도 대구에서 왔다고 하면 삐딱하게 보는 시선들 때문에 불편했는데 이제는 대놓고 대구를 비난하기 시작한 것이다. 코로나로 인해 해묵은 지역 감정에 다시 불이 지펴졌다. 인터넷에서는 네티즌끼리 찬반을 놓고 다투기 시작했다.

정부에서 대구·경북을 대상으로 봉쇄 정책을 시행하겠

다는 당·정·청의 입장 발표를 내놓았다. 이젠 TK 민심이 들끓기 시작했다. 그러자 대통령이 직접 입장을 밝혔다. 최대한의 봉쇄 정책을 시행한다는 말은 지역적인 봉쇄가 아니라 바이러스 전파와 확산을 최대한 차단한다는 방역적인 봉쇄라는 뜻이라고. 아무리 전쟁을 방불케 하는 위기 상황이라고 하지만 정부가 정책을 발표함에 있어서 오해를 살 만한 표현은 자제해야 할 것이다. 이로 인해서 대구 시내 주요 대형마트의 쌀과 라면, 생수 등 생필품의 일시적 품귀 현상이 발생했다. 정부의 해명에도 불구하고 불안감은 한동안 수그러들지 않았다. 그동안 지역 갈등으로 인해 일부 지역에서 대구를 수구 또는 극우 성향의 보수 지역으로 평가절하하는 경우는 더러 있었지만 이렇듯 노골적으로 비난한 경우는 없었다. 이번 코로나 팬데믹 사태를 통해 온 나라가 대구·경북을 혐오 지역으로 만들어 고립시키는 듯했다.

대구는 항일운동과 대한민국의 민주화 운동을 주도한 애국과 진보의 성지였다. 일제가 강제로 넘긴 차관을 국민 모두의 힘으로 갚아 대한 조선의 경제 자주권을 회복하고자 했던 국채보상운동이 있었고, 영화 〈밀정〉에도 등장해 널리 알려진 항일무장단체 의열단의 전신인 대한광복회 또한 대구에서 결성되어 활발히 독립 활동을 펼쳤다. 또한, 대구는 많은 독립운동가를 배출하였으며, 해방 후 처음 벌어진 민중 봉기 사건인 10월 항쟁이 1946년 10월 1일 대구에서 일어났다. 최초의 학생 민주화 운동인 2·28 민주운동은 대구에서 시작해 서울, 대전, 수원, 전남, 부산 등 전국으로 번져갔다. 이렇듯 대한민국의 독립과 민주화를 주도했던 대구가 정치적으로는 영남 패권주의를 부추기고 동서 지역 갈등을 조장하는 데 이용되다 지금, 보수의 심장으로 변해 버렸다.

신종 코로나바이러스 감염증 '3차 대유행'의 확산세가 지속되면서 2020년 12월 6일 신규 확진자 수가 631명을 기록했다. 3차 유행이 시작되고 첫 300명대가 나온 11월 19일 이후 하루를 제외하고는 연속 300명 이상을 기록했다. 지역별로 보면 서울, 경기, 인천 등 수도권이 전체의 68퍼센트인 470명이고 비수도권 지역에서는 부산이 34명으로 가장 많았다. 그런 와중에도 대구는 12월 1일을 제외하고는 계속 한 자리 수를 유지했다. 한때 '대구 코로나'라고도 불렸던 지역이 전 국민의 지지와 함께 민관이 하나 된 마음으로 코로나 위기 상황을 극복하고 현재까지 철저한 방역 체제를 지킬 수 있었던 이유는 무엇일까?

먼저, 대구가 갖추고 있는 우수한 의료 인프라와 서비스에서 찾을 수 있다. 4개 의과대학과 1개 한의과 대학, 5개 대학병원을 비롯한 12개 종합병원 등 풍부한 의료 인력을 갖추고 있었기에 바이러스의 확산을 빠르게 진압할 수 있었다.

다음으로, 2009년부터 만들어 온 전국 최초 보건의료 분야의 직역 간 협력네트워크인 '메디시티대구협의회'를 들 수 있다. 보건의료 분야는 해묵은 갈등이 많은 곳이다. 각 직역의 이익을 대변하면서 의약분업, 수가 인상, 통합 진료 등 굵직한 사안들에 대하여 종종 대립해 왔다. 최근에는 감염병과의 전쟁 중에 공공의대 신설, 의사 정원 확대와 관련해서도 갈등이 있었다. 대구의 경우 2008년 국가 공모사업인 국가첨단의료복합단지 대구 유치를 위한 지역의 집결된 목소리를 정부에 전달하기 위해 각 직역을 대표하는 보건의료 단체로 메디시티협의회가 결성되었다. 즉 대구는 이 협의회를 오랫동안 운영해 온 노하우와 보건의료 네트워크가 구축되어 있었다. 서로 다른 직역 간, 시 정부와 의료기관 간에 실시간 의사소통과 빠른 의사 결정이 가능했기에 위기 상황을 극복하는 데 큰 역할을 할 수 있었던 것이다.

마지막으로, 대구 시민이다. 1차 대유행에서 큰 교훈을 얻은 것도 있겠지만 대구 지역민들은 한번 공감대가 형성되면 강력한 연대감이 생긴다. 이때 발휘되는 추진력이 무서울 정도이다. 신념이 쉽게 무너지지 않는다. 진영 논리에 의해 대구·경북이 이리저리 정치적으로 이용되면서 오늘날 '수구꼴통'이라는 부정적 이미지에 묶여 있지만, 어느 지역보다 뜨거운 심장을 가졌다는 사실을 꼭 이야기하고 싶다.

나는 코로나 사태가 우리 사회를 깊숙이 들여다보는 계
기가 되었다고 본다. 대중에게 노출되지 않은 사회의 어두
운 단면들이 강제로 수면 위로 드러나면서 우리 모두를 자
각하게 만들었다. 긍정적 효과는 크게 세 가지로 요약할 수
있다.

첫째, 그간 많은 문제에도 불구하고 정부 개입이 어려웠
던 종교 집단에 대하여 전 국민과 언론, 정부가 한목소리로
대응하면서 방역 지침을 따르게 만드는 계기를 만들었다.
신천지예수교회에서 집단 감염이 일어나 지역사회로 무섭

게 확산되고 있을 때 정부는 신속한 방역 시스템 가동을 위한 즉각적인 신도 명단 제출을 요구했다. 그러나 그들은 거짓과 은폐로 일관하며, 자신들이 적극적으로 협조하고 있음에도 불구하고 국민들로부터 근거 없는 혐오와 비난을 받고 있다고 주장했다. 이때 언론은 바이러스가 신도들에게 전파될 수밖에 없는 폐쇄적 성격과 집회 방식 등 신천지의 실체에 관하여 뉴스 채널과 〈그것이 알고 싶다〉와 같은 공신력 있는 프로그램을 통해 여러 차례 심층 보도를 하였다. 정부에 대한 비협조적 태도와, 언론에 의해 드러난 신천지의 실체는 국민들의 공분을 불러일으켰다. 사회는 공동체 구성원으로서 책임을 다할 것을 요구하였다. 실제로 이는 신천지와 그 구성원들에게 엄청난 압박을 주었다. 결국 집회 활동에 대한 제재와 이만희 총회장과 신도들이 자발적으로 코로나 역학 검사 및 검체 검사를 받을 수 있도록 만들었다. 이렇듯 공동체 안전에 대한 위협에 정부와 민간이 협력적으로 대응하면서 이후 대구 한마음아파트와 같은 신천지 집단거주 지역이나 사랑제일교회의 다른 종교 기관 집단감염 사태에도 정부가 신속하게 대응할 수 있도록 하는 데 큰 역할을 하였다.

둘째, 성소수자 인권에 대해 다시 한번 생각하는 계기가 되었다. 우리 사회는 불편한 것, 익숙하지 않은 것들에 대한 거부감이 심해 성소수자에 대한 편견도 많고 정확한 정보도 가지고 있지 않다. 지난 5월, 이태원 클럽에서 코로나19 집단 발발 사태가 발생했다. 그리고 안양 확진자의 동선 추적을 통해 강남 블랙수면방, 게이찜질방과 같은 게이 문화가 대중에게 알려졌다. 더욱 충격을 준 것은 그들 중에 광주와 강원도에서 온 교사도 있었다는 사실이다. 교사의 가족들이 실제로 감염되고 동료 교사와 학생들도 감염 위험에 노출되면서 동성애자 커뮤니티에 대한 사회적 비난이 들끓었다. 그러나 시민들의 무차별적인 비판은 그들을 점점 더 숨어들게 만들었다. 사회로부터의 매장을 두려워한 나머지 감염되어 죽더라도 절대 검체 검사에 응하면 안 된다는 메시지가 일부 단톡방에서 퍼져 나갔다.

동성애자 클럽에서 발생한 감염 문제에 대처하는 방식은 성소수자 커뮤니티의 적극적 협조를 얻어내는 데 한계를 드러냈다. 성소수자에 포용적인 선진국에서는 감염 전파 차단을 위한 한국 방역 당국의 조치보다 우리 사회가 성소수자 커뮤니티에 접근하는 방식에서 드러난 인권 문제에 더욱 주목하였다. 『뉴욕타임스』는 이태원 게이 클럽에서 발생한 집단감염으로 인해 한국의 성소수자들이 아웃팅 당할 것을 두려워하고 있다고 보도하기도 하였다. 코로나 확진과 관련하여 성소수자 혐오와 차별, 낙인 찍기가 계속되면 그들은 더 사회로부터 숨을 수밖에 없다. 그것은 우리 모두를 더욱 위험에 빠뜨리게 된다. 혐오 보도와 지나친 개인 정보 공개는 방역에 어려움만 더할 뿐이다. 그동안 우리 사회는 다수의 이익을 대변하고 주류의 목소리에만 귀 기울이며 성장해왔다. 그러나 이제는 소수의 목소리에도 귀 기울이며 그들의 다름을 이해하고 포용할 수 있어야 할 것이다.

끝으로, 코로나 대유행으로 인한 고통에도 차별이 존재한다는 사실이 드러났다. 상대적으로 선진국보다는 후진국이, 중년 남성보다는 청년층과 여성이, 그리고 난민과 빈곤층이 더 고통을 받는 것으로 나타났다. 서울대 행복연구센터 조사 결과에 따르면 우리나라의 경우 50대 이상에서는 코로나로 인한 스트레스 변화가 거의 나타나지 않지만 청년층에게는 부정적 영향을 많이 미치는 것으로 나타났다. 또한 30~40대 여성은 집안일과 바깥일을 함께 하면서 등교하지 않는 아이들까지 챙겨야 하는 삼중고로 인해 고통받고 있다.

해외 상황도 다를 바 없다. 영국 통계청 결과에 따르면 16~24세 청년 두 명 중 한 명이 코로나로 인한 셧다운으로 심한 외로움을 겪었으며, 30세 미만 여성들이 남성에 비해 스트레스를 많이 받고 있는 것으로 나왔다. 남성보다 많이 일자리를 잃고 육아와 가사 노동의 부담을 느끼며 사회적 관계의 단절이 원인인 것으로 분석되었다. 어디서든 여성이 더 힘든 건 마찬가지인 듯하다. 나렌드라 모디 총리가 인도 전역에 봉쇄령을 내렸을 때의 일이다. 도시에서 하루 벌어 하루 사는 수많은 근로자들이 일자리를 잃게 되면서 살기 위해 도시를 떠나 시골집으로 향하였다. 대중교통이 운행 중단되고 여러 날들을 걸어가면서 여성들은 성폭력의 위험에 노출되곤 했다. 또한 고향에 가도 격리 시설이 없거나 전염 위험성이 높은 과밀 시설에 수용이 되면서 그 안에서 집단 성폭행을 당하는 경우도 여러 차례 발생하였다. 난민들도 바이러스 감염으로부터 전혀 보호를 받지 못하고 있는 건 마찬가지다. 얼마 전 이스라엘 텔아비브에서는 고열로 코로나가 의심되는 팔레스타인 노동자를 아무 조치도 없이 이스라엘 검문소에 쓰레기 버리듯 방치하면서 팔레스타인 및 지구촌의 공분을 샀다. 7천만 명에 달하는 시리아 난민들은 고스란히 바이러스 감염에 노출되어 있으며 의료진 또한 부족한 보호 장비로 인해 환자를 치료하지 못하고 있다.

우리 사회도 예외는 아니다. 바이러스는 부자와 빈자를 구분하지 않지만 사회·경제적 위기는 모든 사람들에게 공평하지 않다. 약자에게는 더 큰 고통을 가져다준다. 사회적 거리두기 방역 지침에 따라 돌봄을 제때 못 받은 발달장애인의 죽음, 늘어나는 기초 수급자들의 고독사, 그리고 극단적인 선택을 하는 20대 여성들의 증가 등이 그렇다. 20대 여성들의 금년 상반기 자살률은 전년 대비 43퍼센트가 늘어난 것으로 나타났는데, 이는 한 달 벌어 한 달 사는 20대 중에서 여성은 특히 불안정한 일자리에 몰려 있어 더 심각한

위기를 겪는 것으로 보인다. 이처럼 코로나로 인한 고통의 무게가 모두에게 같지 않음에도, 우리 사회가 경제력을 가진 자가 우선적으로 보호받는 시스템을 갖춘 건 아닌지 살펴보아야 할 것이다.

2부

공직 사회의 속살

"임 양아,
여기 커피 좀 다오"

"임 양아, 여기 커피 좀 다오."

정년이 얼마 남지 않은 늙다리 과장이 아침부터 커피를 달란다. 저 인간은 내가 다방 여급인 줄 아나. 왜 자기가 타 먹지 않고 맨날 나를 시킨데. 그리고 임 양은 또 뭐야. 1990년대 이후 사라진 호칭인데 왜 다 죽은 걸 21세기에 끄집어내는 거야. 도대체 어떻게 말을 해야 과장이 다시는 임양아 하는 소리를 안 하게 할 수 있을까? 일회용 종이컵에 뜨거운 물을 채운 뒤 믹스 커피 한 봉지를 붓고 티스푼으로 휘휘 젓는 동안 머리를 굴렸다. 과장 책상머리에 커피 잔을

놓으면서 말했다.

"과장님, '임 양아'라고 부르지 않으시면 안 될까요?"

사무실 막내가 하는 소리에 당황한 과장이 말한다.

"왜? 듣기 싫어? 그럼 뭐라고 불러?"

"저도 다른 사람들처럼 임 주임 아니면 임 주사라고 불러 주세요."

"어허! 참, 내. 입에 안 붙어 가지고. 그럼, 뭐 안 부르든지."

본청 교통국에 근무한 2006년. 지금이나 그때나 광역시·도에 근무하기 위해선 기초자치단체를 먼저 거쳐야 했다. 시도 전입 시험 공고가 뜨면 대상 조건에 맞는 경력과 직급의 사람들이 신청한 후 공개 경쟁을 거쳐 선정이 되면 광역시·도로 전출하여 근무할 수 있었다. 당시에는 한 직급 올라가는 데 시간이 많이 소요되기도 하고, 기초지자체에 대한 광역시·도의 배타적인 우월감도 있어 꼭 필요할 때만 한 번씩 소수의 전입자를 받았다. 그러다 보니 광역지자체 조직은 점점 늙어가고 기초지자체는 젊은 사람들로 가득했다. 2002년 월드컵 대구 경기를 유치하면서 본청에선 대거 인력 보강에 나섰다. 그때부터 전입 인원 규모가 확대되면서 주기적 공모가 시행되었다. 나도 2004년도 전입 시험을 통해 시 산하 사업소인 보건환경연구원을 거쳐 2005년 본청으로 인사 명령을 받았다.

그런데! 내가 제일 어리다. 당시 내 나이 서른여섯. 잡다한 일들까지 포함된 서무(부서 내 막내이자 여자가 주로 담당한다)를 맡게 되었다. 과에서는 키도 크고 늘씬한 젊은 여직원이 왔다고 좋아했다. 그때부터 나는 과장 커피 타는 일과 손님 음료 대접, 타 부서로 보내야 할 문서 사송과 함께 가끔은 나이 든 기술직 아저씨들의 야릇한 농담까지 아무렇지 않은 듯 받아쳐 주며 서무 일을 해야 했다. 가부장제 가족 집단도 아니고 왜 직무에 남녀 차별이 존재하는지 알 수 없다. 남자 직원은 주로 외근 분야로 배치되고 사업 단위로 업무를 담당하는 반면, 여자인 나는 본연의 일 외에 커피 타고 테이블 닦고, 이 사람 저 사람이 시키는 일을 내 업무인 양 해야 하는지 이해할 수 없었다. 특히 기혼 여성인 고참이 "○○ 씨, 손님 오셨는데 커피 좀 부탁해" 하며 당연하다는 듯이 손님 접대를 시킬 때면 이마가 자동으로 찌푸려졌다.

호칭 또한 마찬가지다. 과장은 나를 '임 양'이라 불렀다. 당시는 모든 평직원에게 '주사'를 붙였는데, 남자들은 김 주사, 박 주사라고 부르고 여자도 나이가 많으면 김 주임인데 왜 나만 '임 양'인 걸까? (물론 직원들은 '○○ 씨'라고 불렀다.) 임 주사, 임 주임이라 부르면 혓바닥에 바늘이라도 돋는다더냐.

너무 오래전 얘기라 지금의 공직 사회 여초 시대에 동떨어진 이야기로 들릴 수 있다. 그러나 공무원 조직 내 성차별은 여전히 존재한다. 요즘 공무원 공채 시험은 여자들이 우세를 나타낸다. 9급의 60퍼센트, 7급 분야는 30퍼센트까지 차지하고 있다. 여성 공무원 증가 추세는 건설, 교통 등 사업 부서에서부터 조직의 핵심인 기획, 인사 분야까지 여성이 진출하는 긍정적인 효과도 불러왔지만, 반대로 남성 선호 성향이 더 강해진 면도 있다. 예컨대 여성이 남성보다 많은 부서 내에 젊은 남직원이 오기라도 하면 부서 분위기가 훨씬 말랑말랑해지는 것을 느낄 수 있다. 남자들은 여자들이 조직을 점령한다고 불평하지만, 정작 각 부서에 결원이 생기면 우선적으로 남자를 찾는다. 지금 남자는 여자 직원이 소수였던 시절, 여성들이 겪었던 성차별의 반사이익을 보고 있지는 않은지.

2017년 호주 커틴대학 연구팀이 '일자리양성평등청'WGEA의 의뢰를 받아 1만 2천 개 기업을 대상으로 한 조사에서 여성 주도 기업이 성별 임금 격차가 더 크다고 발표하였다. 여성 관리자가 20퍼센트를 초과하면 임금 격차는 8퍼센트 정도로 OECD(경제협력개발기구) 평균인 15.3퍼센트보다 감소하나, 여성 관리자 비중이 80퍼센트 이상을 차지하는 조직에서는 임금 격차가 17퍼센트로 오히려 더 크게 벌어졌다는 것이다. 이 같은 경향은 여성 비중이 높은 의료 서비스와 소매, 교육 산업 분야에서 두드러졌다고 한다. 한국의 공무원 조직도 여성 비중이 높아지고 있고 여성 간부의 비율도 정책적으로 끌어 올리고 있는 실정이다. 그럼에도 무의식적으로 '남성 선호'라는 습관이 되어 버린 편견이 작용하고 있는 건 부정할 수 없다. 그러나 특정 분야에서의 한쪽 성에 대한 지나친 집중은 양성평등에 부정적 영향을 미칠 수 있어 지속적인 모니터링과 향후 정책적 개입 등이 필요하다.

외부에서도 공직 사회의 여성 증가를 우려 섞인 시선으로 바라보는 듯하다. 남자는 남성이라는 것만으로도 능력을 인정받고 시작하는 반면, 여자는 해당 직무를 할 수 있는 능력이 있는 사람이라는 것을 끊임없이 증명해야 한다. 그리고 핵심 권력을 쥔 사람들(주로 남자)에게 잘 보이기 위해 끊임없이 노력해야 한다. 이처럼 남자 같은 여자로 인정받을 때, 비로소 그들은 여자를 인정해 준다. 그렇다고 남자는 아니다. 이는 여성이 조직 내 여성 라이벌의 존재를 꺼려하는 결과로 나타나기도 한다. 결국은 여자에게 할당된 자리를 두고 서로 경쟁을 해야 할 테니까. 그래서 후배는 있어도 동료는 없다.

나는 언제 남자가 조직 내에서 손해를 보았다는 건지 묻고 싶다. 권력의 맛을 알게 되면 놓기 힘들고, 내주더라도 핵심이 아닌 가장자리부터 인심 쓰듯이 떼어 주는 법. 성차별이 있던 과거는 과거대로, 조직 내 여성 진출이 늘어나고 있는 지금은 지금대로 변화된 조건에 맞추어 본인들의 이득을 먼저 챙기고 있지는 않은가. 물론 여자에게도 문제는 있다. 여자이기에 보호받아야 한다며 힘들고 어려운 일은 회피하면서 정작 업무 능력 평가 등의 중요한 순간이 오면 이기적인 행동을 서슴지 않고 심지어 눈물까지 쏟는다. 자신 안에 내재된 남성성과 여성성을 최대한 활용하며 권력을 가진 자에게 어필한다.

또한 남자든 여자든 조직에서 성공하고 편하게 가려면 역시나 '라인'이 중요하다고 생각한다. 그의 성공이 나의 성공에 기여한다. 그에게도 좋은 일이다. 이런 모든 문제가 평가 및 성과에 대한 정확한 가이드라인이 없기 때문이다. 그나마 있는 것도 지켜지지 않고 상황마다 다른 기준이 적용되니 혼선이 생기고 직원들에게 신뢰를 잃는 것이다. 경쟁력을 높이기 위한 성과주의를 공직에 도입한 지 20년이 지난 지금, 누가 보더라도 정확하고 객관적으로 성과를 측정할 수 있는 평가 기준이 없다. 만들어 놓은 기준도 매번 바뀐다. 정량적 혹은 정성적 성과 측정이 가능한 조직이 아니다 보니 보통의 직원들은 '영혼 없는 공무원'으로 살아간다. 그러나 어설픈 평가 기준을 통해 이득을 챙기려는, 소위 잘나간다는 무리들은 요행의 기회를 잡기 위해 오늘도 조직 안을 활개치고 다닌다.

공채로 여성을 뽑기 시작한 것은 1980년 하반기부터였다. 그 당시 공채라면 당연히 남자를 말하는 것이었고 여자는 끼워 주기 식이었다. 전체 모집 인원이 100명이라면 여성은 3~5명 정도의 소수 인원이 할당되었는데, 당시 입사한 선배들 면면을 보면 평준화 이전의 지역 명문고를 졸업한 분도 다수 있었다. 또는 인맥을 통해 일용직으로 들어와 경력을 쌓다가 기능직으로 전환하며 일반직의 업무 보조를 하기도 했다. 기능 10급 공채를 통해 공직에 들어온 분도 있었는데 직렬, 직급 간 차별이 있다는 노조의 비난이 일자 2011년 기능 직종이 폐지되었고, 시도 자체 시험을 통해 일반직 공무원으로 전직 기회를 주어 지금까지 이어 오고 있다.

1990년 하반기, 공채에서 남녀 구분이 없어졌다. 대학을 갓 졸업한 여성들이 공직 사회에 대거 들어오기 시작했다. 남녀 구분을 없애니 9급 공채의 경우 여성 비율이 1996년 33.2퍼센트에서 2019년 57.4퍼센트로, 20년 전에 비해 20퍼센트 이상 증가하였다. 또한 2000년 남성에 대한 군 가산점을 폐지한 후에는 9급 교육행정직과 일반행정직 등 일부 직렬에서 여성 합격률이 70퍼센트를 넘는 여성 쏠림 현상이 나타났다. 그러자 직장 내 성비 불균형을 이유로 1996년부터 실시된 여성채용목표제를 2003년 양성평등채용목표제로 전환하였고, 한쪽 성비가 전체 합격자의 70퍼센트를 넘지 못하도록 조정되면서 다소 수치가 감소하였다.

여성을 위한 변변한 일자리가 없던 시절에 공직은 여성들에게 성별 간 차별이 적은, 그리고 사회에서 조금은 존중받을 수 있는 자리라는 인식이 강했다. 젊은 여성들에게 공직이 인기가 좋았던 것은 이 때문이다. 여자가 공채로 들어오기 위해서는 병역 가산점을 보유한 남성들과 경쟁해야 했고, 또한 여성에게 할당된 등수 안에 들어야 하는, 즉 여성 간의 순위 경쟁도 이겨내야 했다. 그러나 공직에 들어옴과 동시에 여자라면 모두 민원 업무에서부터 경력을 시작해야 했다.

여성이 공직에 들어오면 '여성에게 적합'하다는 일이 기다리고 있었다. '내근 업무'라고 칭하며 주로 창구에서 근무하는 민원 업무, 사회복지 등과 같은 대민 분야였다. 여자는 남자보다 친절하고 말도 잘하고 또 예쁘니까 창구의 꽃이 되어 민원인을 맞이해야 한다는 논리였다. 남자들이 각종 사업을 하면서 실력을 쌓고 안과 밖으로 네트워크를 구축하는 동안, 여자는 남자들이 싫어하는 분야를 맡아 오랫동안 근무하였다. 그렇게 여성과 남성 직원 간의 실력 차가 벌어지기 시작했다.

시간이 흘러 더 많은 여성들이 공직에 진입하면서 여성은 내근 분야에서 외근 분야로, 지원 부서에서 사업 부서로까지 다양하게 진출하게 되었다. 그리고 늘어난 여성 공직자 수는 여성 간부 비율 향상을 견인했다. 2002년에는 여성 관리자 임용 확대 계획이 시행되었다.

도입 초반에는 내근 경력이 전부인 고참 여성 공무원들이 준비도 안 된 상태에서 팀장, 과장, 혹은 동장, 사무장을 맡는 경우가 허다했다. 준비가 안 된 여성 간부들은 남성 직원 의존도가 심했는데, 이 때문에 오히려 여직원에 대한 또 다른 차별이 발생하기도 했다. 남성 직원에겐 반발이 두려워 눈치를 보며 조심스럽게 대하는 반면, 여성 직원에게는 본보기를 삼기 위하여 더 심하게 야단치는 경우도 있었다. 호된 시집살이를 겪은 시어머니가 며느리 시집살이를 시킨다고, 당시 여자 직원들은 사회적 소수자로서 겪어야 할 차별과 함께 같은 여성에게도 남성 중심의 직장 문화로 인한 차별적 대우를 받고 있었다.

여성 공무원으로
살아남기

내가 동사무소에서 주무로 근무할 때였다. 우리 구청 최
초로 배출된 여성 동장이 내 근무지로 발령이 났다. 그러다
몇 달 후 사무장까지 여성으로 배치되자 여성 주무, 여성 사
무장, 여성 동장이 한곳에 근무하게 되었고 많은 사람들의
주목을 받았다. 같이 근무하던 동장은 여성 최초라는 수식
어를 달았기 때문인지 어깨에 힘이 상당히 들어가 있었다.

언젠가 〈전국노래자랑〉이 관내에서 열리게 되면서 구청
공무원을 대상으로 희망자를 뽑을 때였다. "우리 동사무소
에는 누구 나갈 사람 없나?" 동장은 나를 가리키며 "자네가

나가야 하는데 말이지. 홀딱 벗겨가 비키니를 입혀 무대에 세우면 볼 만할 텐데. 그럼 그걸로 무대를 평정하는데 말이야.” 그 잘나간다는 여성 간부 공무원 입에서 나온 말이었다. 그것도 전 직원 앞에서. 당황한 나는 아무 말도 하지 않았다. 직장에서 내가 만난 여성들을 보면 크게 세 가지로 나뉜다. 여성스러움을 최대한 어필하려는 사람, 아니면 남자보다 더 남자 같은 흔히 말하는 ‘센캐’(‘센 캐릭터’의 줄임말), 그리고는 대다수의 평범한 여성들이다. 그녀는 그 시대의 ‘센캐’였다.

반면 사무장은 모든 직원에게 천사라고 불리는 사람이었다. 다들 그를 만만하게 보았다는 말이다. 동장은 주로 외근을 하며 동네 동향을 매일 확인하고 주민이나 관변 단체들의 의견에 귀를 기울이며 민원이나 불편 사항은 없는지를 수시로 확인하여야 했다. 그와 달리 사무장은 내근 중심으로 일하며 사무실 전체를 총괄했는데, 민원 업무가 경력의 전부였기에 경험 부족에서 오는 판단력 결핍으로 인해 동장에게는 쓴소리를 듣고 직원들을 제대로 통솔하지도 못했다. 뭐라도 열심히 하는 것을 보여 줘야 했던 사무장은 급기야 밀대를 들고 이른 아침부터 사무실 청소를 하기 시작했다. 청소 용역도 있는데 손수 나서서 청소를 하니 용역도 불편하고 직원들도 가만히 앉아 있을 수 없었다. 직원들은 테이블을 닦으면서 수군거렸다. “왜 아침부터 쓸데없는 일을 하고 있을까?" 나도 사무장의 불필요한 행동이 이해되지 않았다. 출근하면서 그 모습을 본 동장은 얼굴을 찌푸렸다.

2000년대 최고의 적설량을 보인 2003년 어느 겨울, 새벽 4시 폭설로 인한 비상소집이 떨어졌다. 당시 네 살, 여섯 살이던 두 아이를 안고 큰 엄마(아이 봐 주시던 분) 집으로 사전 연락도 못 하고 갔다. 그 집 대문을 힘껏 두들겨 잠든 큰 엄마를 깨워 아이 둘을 맡기고는 서둘러 발걸음을 동사무소로 옮겼다. 보통 비상이 걸리면 한 시간 내 집합이지만, 주무는 관할 지역의 상황을 파악하고 있어야 했으므로 최소한 30분 내로 도착해 있어야 했다. 그러나 내가 사무실에 도착했을 땐 이미 모든 직원들이 도착한 이후였다. 나를 바라보는 동장과 사무장 눈이 싸늘했다. 사무장이 말했다. 여기안 힘든 사람이 있냐고. 누구는 아기 안 키워 봤냐고. 눈물이 핑 돌았다. 말없이 제설 장비를 챙기는데 하얀 눈 위로 눈물이 뚝 떨어졌다.

여성에 대한 유리천장은 비단 우리나라에만 존재하는 것은 아니다. 젠더에 대한 의식·무의식적 사고의 복잡함을 다이해할 수는 없지만, 성별 균형과 다양한 인적 구성은 업무 능률을 향상시키고 생산성을 높이는 데 긍정적으로 작용하는 것은 분명하다. 세계경제포럼(WEF)의 「2018 글로벌 리포트 성별 격차 보고서」에 따르면 양성평등을 이루는 데 108년, 직장 내 성 격차 해소에는 202년이 걸린다고 한다.

경제 참여 기회, 교육 성과, 보건, 정치 권한 등 4개 부분을 성별 격차 지수로 하여 국가별 순위를 매기는데, 한국은 전체 149개국 중 115위를 차지했다. 이는 103위를 차지한 중국보다 낮은 순위이다. 경제 참여 기회 부분에서 124위를 기록하며 특히나 낮은 젠더 평등 지수를 기록하였다. 상위에 랭크되어 있는 국가를 살펴보니 6위에 1994년 '종족 말살' 제노사이드를 겪은 르완다가 올라와 있다. 의외였다. 자료를 찾아보니 대학살 이후 르완다 정부와 사회는 남성 인력 부족으로 여성들의 사회 참여를 적극 지원하고 제도화하면서 높은 양성평등 지수를 갖게 된 것이었다. 2003년 국회의원과 장관, 각 부처와 관련 기관 공무원의 30퍼센트를 여성에게 의무 할당하는 헌법의 제정 이후 2018년 기준 하원 의원 중 여성 비율이 61.3퍼센트로 전 세계 1위이다. 그 외 각료의 42퍼센트, 상원의원의 32퍼센트, 판사의 50퍼센트와 시도 의원의 43.5퍼센트를 여성이 차지하고 있다.

우리나라도 여성 공무원의 비중이 계속 늘어 2016년 말 전체 공무원의 34.9퍼센트를 차지하며 지난 20년간 두 배가 증가하였다. 시도별로는 부산이 38.9퍼센트로 가장 높은 여성 공무원 비율을 보였고, 다음으로 서울 37.9퍼센트, 경기도 37.2퍼센트를 보이면서 17개 시도에서 모두 30퍼센트를 넘어섰다. 그중 5급 이상의 여성 관리자 비중은 12.6퍼센트, 4급 이상 관리자는 7.8퍼센트로 1995년 기준 각각 4배와 6.5배 증가하였다. 여성 간부직 목표제 도입 초반에 나타났던 업무 능력과 관련한 문제점은 더 이상 존재하지 않는다. 오히려 똑똑한 여성 한 명이 보통 남자 두 명 몫을 하는 시대가 도래했다.

여자들은 사무실의 꽃이 아니다. 그들은 능력으로 인정받고 싶어하며 이에 대한 이견은 없다. 그러나 여성이 리더가 되기 위해서는 능력을 넘어서는 그 이상이 필요하다. 네트워크이다. 누가 더 넓고 견고한 네트워크를 가지고 있는지가 직장 내 성공의 우선 조건이다. 내·외부로 조력자를 구축하고 스스로 조력자가 되어야 한다. 그리고 폭넓게 유능한 후배 여성 리더를 양성해야 조직 내 성 격차를 줄일 수 있다.

공무원을 보는
이중 잣대

사무실 밖에서는 직업을 밝히지는 않는다. 그냥 월급쟁이라고 하고 사는 게 편하다. 집으로 돌아와서는 맘 편하게 쉬고 싶은데, 주변에서 알게 되면 사회적 시선과 법률적, 비법률적인 수많은 '공무원으로서의 의무와 책임'에서 자유롭지 않다. 심지어 집 앞 슈퍼를 갈 때도 슬리퍼에 무릎 나온 추리닝을 입고 나가는 것이 신경 쓰인다.

나는 종종 우리 집단을 바라보는 사회의 시선이 불편하게 느껴진다. 어느 모임에 가서 나를 소개해야 할 순간이 오면 속으로 한참을 고민한다. 뭐라고 소개해야 그들 모임 속에 있는 나를 "아하, 국민 세금으로 평생 직장에서 맘 편히 일하는 사람? 여기에 왜 왔데?"라고 보는 시선에서 자유로워질 수 있을까. 어디를 가든 누구를 만나든 공무원이라고 하면 사람들은 일정한 거리를 두려고 한다. 일부러 멀리 둘 필요는 없지만 그렇다고 가까이할 필요도 없는 그런 존재인 것이다. 그 맘이 느껴질 때면 항상 불편하다. 어쩌다 친해지려고 접근하는 사람은 대개 공직 사회와 이해관계가 있는 사람이다. "거기 기획조정실장이 내 조카사위야. 힘든 거 있으면 말해요" 또는 "내 친한 동창이 ○○○ 건축과장인데 혹시 아세요?"처럼 친구·친인척 카드를 꺼내고, "얼마 전 관광과에서 신규 관광 상품 공모하는 데 사업 계획 제안했다가 떨어졌어요. 그거 미리 다 선정해 놓고 형식적으로 공모하는 거죠?"라거나 "신공항이 군위로 갈까요, 의성으로 갈까요?"처럼 시정과 관련해서 이해관계나 관심사가 있는 사람들이다. 기획조정실장이 지인의 조카사위라고 한들 내가 그분에게 부탁할 일도 없고, 신공항이 군위로 갈지 의성으로 갈지 내가 알 수는 없는 노릇이다(통합신공항 대구시민추진단의 시민 대표들도 모른다). 요즘 공모 사업은 절대로 '짜고 치는 고스톱'처럼 추진할 수 없다. 선정에서 떨어졌다면 앞으로 사업 계획서를 만드는 데 좀 더 고민과 시간을 들이길 바란다.

어느 순간부터 내가 뭐 하는 사람인지를 감추는 게 편해졌다. 요즘은 지역 중소기업 해외 마케팅을 지원하다 보니 마케팅 분야에서 일하고 있다고 소개한다. 그러면 사람들은 내가 공무원같이 생기지 않아서인지(공무원같이 생긴 건 어떤 것인지?) 보통 그렇게 믿고 넘어간다. 잘못한 것도 없는데, 요즘 다들 되고 싶다는 공무원인데, 어쩌다 나를 떳떳하게 밝히지 못하게 된 걸까. 나는 그것을 공직 사회를 바라보는 우리 사회의 이중 잣대에서 찾는다.

문재인 정부가 들어선 2017년, 정부는 2022년까지 국가직과 지방직 공무원 17만 4천 명을 증원하겠다고 발표했다. 온 나라가 난리였다. "정부의 공무원 연금 부담금이 늘어날 텐데 운영에 따른 장기 재정 추계는 해 봤냐?"며 정부는 야당과 여당으로 나뉘어 싸우고, 국민들은 "공무원들 하는 일도 없이 아까운 세금만 축내는데 증원은 무슨 증원! 오히려 절반을 날려야 할 판에"라며 정부를 비난했다. 공무원이 사회 이슈가 되면 공무원 편은 보이지 않고 모두 한목소리를 낸다. '공공의 적'이 된 느낌이다. 정작 그들 또한 자식의 취업 문제 앞에서는 공무원이 '최고 직업'이라고 말한다.

대학생들도 대기업에 들어가지 못할 바에 공직을 선호한다. 2020년 잡코리아와 알바몬이 대학생 및 졸업한 구직자 2,013명을 대상으로 실시한 '공무원 시험 준비 현황'을 조사한 결과를 보자. 현재 공무원 시험 준비 중이라 응답한 사람은 36.0퍼센트로 지난해 24.7퍼센트 대비 11.3퍼센트가 증가하였다. 의향이 있다고 답한 49.1퍼센트를 더하면 85.1퍼센트를 차지한다. 취준생 전부가 공무원이 되기를 바란다고 해도 과언이 아니다. 그리고 공무원 시험을 준비하는 이유로는 '정년 보장' 68.7퍼센트(복수 응답), '공무원 연금' 33.0퍼센트가 가장 많이 꼽힌 데 반해 '공무원이 적성에 맞다'는 응답은 17.5퍼센트로, 이제 공직은 사명감을 갖고 선택하는 직업이 아닌, 단순한 직장이 되어 버렸다. 그런데 여전히 선배 공무원들은 공직을 천직으로 믿고 국민에 대한 무한 책임을 후배들에게 요구한다. 그러나 세상이 변하고 있음을 알고는 있는지.

공직 내부를 들여다보자. 그들은 얼마나 본인의 직업에 만족하고 있을까? 한국행정연구원에서 2019년 7~9월 46개 중앙부처 및 17개 광역지자체 소속 일반직 공무원 4,111명을 대상으로 실시한 '공직 생활 실태 조사' 결과는 이렇다. 우리나라 공무원 3명 중 1명인 30.1퍼센트가 기회가 되면 이직하겠다고 답했는데, 이는 전년도 28.1퍼센트보다 상승한 수치이다. 이유로는 '낮은 보수' 42.9퍼센트, '승진 적체' 14.2퍼센트, '과다한 업무' 13.9퍼센트로 나타났다. 평소 업무량에 대해서는 '많은 수준' 43.5퍼센트, '매우 많은 수준' 16.5퍼센트로 전체의 57.6퍼센트가 업무량이 과도하다고 생각하는 것으로 나타났다. 업무량이 많은 이유로는 '인력 부족' 47.7퍼센트, '과도한 업무 할당' 23.1퍼센트로 응답하였는데, 평소 주민자치센터만 방문한 당신이라면 이게 무슨 배부른 소리냐고 생각할 수도 있다. 그만큼 공직 사회는 어떤 일을 하는지, 근무 환경은 어떤지 시민들에게 노출되어 있지 않다. 공채 시험의 높은 경쟁률을 통과하더라도 주민센터에서 주민등록등본을 발급하게 될지, 7·8급이 되어서 구청장 추천, 또는 전입 시험을 통해 광역시·도로 전입하여 통합 신공항 이전을 위해 일하게 될지는 아무도 모른다. 나 역시 5급 승진을 앞둔 마지막 3년을 매일 야근과 주말을 반납하고 일한 것을 생각하면 다시 뒷골이 뻣뻣해지는 것 같다.

사무관을 달면 삶에 여유가 좀 생길 줄 알았는데 지금 공직 사회는 5급 줄 세우기가 한창이다. 베이비붐 세대의 퇴직과 함께 더 빨리 승진 기회를 잡기 위해, 근무평정을 조금이라도 더 잘 받을 수 있는 자리를 선점하기 위해, 이제 승진한 신참 사무관들이 불에 뛰어드는 나방처럼 돌진하고 있으니 오십이 넘은 나이에 언제 나를 챙겨야 하는 건지. 머리는 흰서리 가득해서는 돋보기를 코끝에 걸고 스트레스로 바짝 말라 버린 얼굴을 구기면서 보고서 작성을 위해 키보드를 두들기는 그 옛날 내 사수의 모습이 이제 내 모습이 되어 버린 것은 아닌지 모를 일이다.

내 폰에
공익 캠페인 컬러링은
No, No

　"핸드폰 컬러링 동의서에 서명해 주세요. 5급 이상은 필수입니다."

　한동안 조용하더니 다시 개인 핸드폰에 공익 메시지를 담은 컬러링 사용 동의서를 받고 있다. 직원들은 싫으면서도 "노"라고 말하지 않는다. 다들 회람철에 있는 동의서에 순서대로 동그라미를 그리고 있다.

　공무원 개인 소유의 핸드폰은 공직 사회 이슈에 따라 통화 연결음이 수시로 달라진다. 그러니까 공무원 개인 핸드폰에 공공성을 띤 소리가 장착된다는 이야기이다. 처음 들는 얘기라고? 공직 내 부패 관련 사건이 생기면 '청렴 공직자의 다짐'이 흘러나오거나 그 외 시정 정보나 행사 안내가 나오기도 한다. 그리고 코로나 시국인 지금은 '마스크 쓰Go' 캠페인이 들린다.

모든 공무원들이 가지고 있는 핸드폰을 통해 컬러링으로 정부 정책을 홍보하면 예산도 아끼면서 더 효과적인 홍보가 될 수도 있을 것이다. 공직자에게 전화하는 사람은 확률적으로 정책 연관성이나 관심이 일반 시민보다는 높은 사람일 거란 점에서 충분히 타당한 논리이다. 그러나 개인소유의 물건을 대의명분으로 사용하는 것이 옳은 것인지 모르겠다. 나만 그렇게 생각하는 것은 아닐진대 아무도 잘못되었다고 말하지 않는다. 요즘은 시정을 홍보할 수 있는 수단이 매우 다양해졌다. 홈페이지와 신문 방송과 관보를 포함해 페이스북, 유튜브, 트위터, 인스타그램, 카카오톡까지 공익 홍보 방법이 넘치고 있다. 만약 직원들 개인 소유의 핸드폰을 공적 목적으로 사용하고 싶다면 업무용 폰을 지원하는 게 맞지 않을까.

코로나가 확산되면서 공직도 재택근무를 시작했다. 재택근무를 위한 전자정부시스템인 시도행정포털을 노트북에 깔아야 한다. 개인소유 노트북을 가지고 오라고 한다. 우리가 1인 1노트북 시대에 살고 있던가? 나의 경우는 아이폰과 연동을 위해 최근 구매한 '맥 에어'가 구동 체제가 다르기도 해서 유학 시절 구입한 오래된 '델' 노트북의 하드를 비워서 정부원격근무용 전자정부시스템을 깔았다. 동료들은 개인용이나 가족 공용 노트북을 쓰거나 아니면 자녀들의 노트북을 빌려서 깔기도 한다. 전자정부시스템을 깔기 위해서 새로 노트북을 살 수는 없으니까. 정부시스템을 개인 노트북 또는 PC에 깔면 정부보안시스템이 작동하게 된다. 내 개인 물품에 정부보안시스템이라. 내 비밀번호를 가족이 알게 되거나 내가 원격으로 일을 하다가 로그아웃을 하지 않은 채로 두게 된다면, 하는 온갖 노파심이 머릿속에서 일어난다. 그러나 아무도 공적인 일을 처리하는 데 개인용 노트북을 사용하는 것에 대하여 불만이나 우려를 표출하지 않는다. 나도 쓸데없는 걱정을 하는 사람으로 보이고 싶지 않다. 그래서 입을 다물었다. 다른 이들도 잘못되었다고 생각은 하는지 모르겠다.

공무원으로 산다는 건 공과 사의 구분이 없다는 것과 같다. 공직자가 지켜야 할 각종 의무는 근무 중은 물론이거니와 퇴근 후에도 24시간 적용된다. 이것은 공무원의 의무 가운데 '품위 유지의 의무' 때문이다. "공무원은 직무의 내외를 불문하고 그 품위가 손상되는 행위를 하여서는 아니된다"는 국가공무원법 제63조의 규정으로 인해 퇴근 후의 사생활도 징계처분으로 연결되는 것이다.

사무관으로 승진하고 중견 간부 교육을 받는데 한 강사

가 우스갯소리로 이런 말을 한다. 이제부터는 사생활 잘 관리해서 불미스러운 일에 얽히면 안 된다고. 계획적으로 접근하는 사람들이 있어서, 핸드폰 동영상, 블랙박스, 편의점 CCTV 등 각종 수단에 오해할 만한 것이 찍히도록 유도하고 사무관이면 삼천만 원, 서기관이면 오천만 원 등의 합의금을 요구하기도 한다는 것이다. 검색 포털에 '공무원 품위 유지의 의무'를 검색하니 공무원과 배우자가 불륜일 경우 위자료 받는 법이 상위에 떠오른다. 해당 공무원은 위자료와는 별개로 국가공무원법상의 의무를 어긴 점을 들어 징계위원회에 회부될 것이고 결국은 해임 처분을 받게 될 것이다. 그렇게 되면 연금 삭감의 가능성도 있다. 공무원에게 너그럽지 않은 사회이니 삭감이 당연하다고 사람들은 말할 것이다. 팔이 안으로 굽는다고 말할 수도 있겠지만 그 사람의 인생은 어떻게 되는 것인가. 사회는 우리를 갑이라고 부르지만 실제로는 을도 못 되는 것 같다.

한편, 업무 시간 외에 업무 관련 지시 등 연락을 금지하는 근로기준법 일부개정안(퇴근 후 카카오톡 금지법)이 있다. 그 법안은 발의되었을 때 많은 언론의 주목도 받았으나 4년째 계류 중이다. 청주시는 퇴근 뒤 술자리 참석과 카톡 지시를 금시하는 등 방침을 정해 추진 중이고, 서울 서초구의 경우는 '서초구 지방공무원 복무조례 일부 개정 조례안"을 통해 공무원의 휴식권을 보장하며 근무 시간 이외의 시간에 전

화 및 각종 통신수단을 이용한 업무 지시를 못 하도록 명시
하였다. 지금 젊은 세대들은 '워라밸'work and life balance을 꿈꾸
며 공직을 선택한 경우가 많다. 공직은 몇 년간의 힘든 준비
시간을 거쳐 들어온 귀한 일자리이다. 공과 사의 구분은 지
켜지길 바란다.

힘들게 들어온 공직,
늘어나는 사직자

공직을 선택하는 이유

취업 시장의 불확실성과 불안정이 늘어남에 따라 공직에 대한 열망은 더 커지고 있고 경쟁 또한 치열해지고 있다. 대개는 일 년 이상의 준비를 통해 들어오는 등, 공직자가 되기 위한 준비 기간도 점점 길어지는 추세다. 그러나 2016년 이후 사직서를 제출하는 공무원의 숫자가 하위직과 저경력자에서 갈수록 늘어나고 있다.

잦은 야근과 주말 출근, 각종 대기성 비상 근무, 그리고 업무에 대한 불만족, 특히 민원부서에 근무할 경우 민원인들의 막무가내에 가까운 요구에 시달리고 자신들 뜻대로 되지 않을 경우 융통성이 없다는 비난까지 듣게 된다. 이런 고충을 상사에게 토로하면 돌아오는 대답은 뻔하다. "김 주사가 알아서 잘 해결해야지, 그걸 여기까지 들고 오면 어떡해?" 결국은 임기응변이 요구된다. 그러니 문제를 해결한다기보다는 그 순간만 잘 넘어가려고 하게 된다. 정해진 매뉴얼은 없다. 그냥 개인별 격차가 벌어지는 '노하우'만 있다.

새내기 공무원들이 공직을 선택한 최고의 이유는 '공무원 연금'과 '워라밸'에 대한 기대 때문이라고 한다. 그러나 막상 들어오니 야근에, 비상 근무에, 연가도 동료와 윗사람 눈치를 보면서 써야 하는 등 기대와 다른 근무 여건에, 경직된 조직 문화는 별개로 두고서라도 실망하게 된다. 또한 대학 시절 전공을 살려서 근무할 수 있는 자리가 별로 없다 보니 부서 배치에도 불만을 갖게 된다. 누구는 민원실에 근무하고 누구는 사업부서에, 또 어떤 이는 운이 좋아 인사·기획 등 주요 부서에서 경력을 시작하게 되는데, 이렇게 출발선이 다르면 시간이 지날수록 개개인의 역량 개발에 큰 차이가 생길 수밖에 없다.

막무가내 민원인

공직에 들어오면 처음 근무하는 곳이 보통 주민자치센터 등 기초자치단체이다 보니 많은 민원인들을 상대하게 된다. 처음에는 즐겁고 친절했던 목소리도, 막무가내거나 폭언·욕설의 악성 민원을 반복적으로 상대하다 보면 전화벨이 울릴 때마다 심호흡을 하게 한다. "감사합니다. ○○주민센터 주민등록담당자 ○○○입니다." 문득 이십여 년 전 동사무소 (주민자치센터 이전 명칭) 민원실에 근무하며 주민등록증을 발급하면서 겪었던 에피소드가 떠오른다.

그는 홀어머니와 임대아파트에 사는 마땅한 직업이 없는 백수 청년이었다. 동네 깡패들과 어울려 크고 작은 사고를 치며 다니다가 돈이 떨어지면 집에 들어와 홀어머니를 구타하고는 돈을 뜯어 간다는 소문이 나 있었다. 어느 날 주민등록증을 분실해서 새로 발급하기 위해 동사무소에 왔다. 신청서 작성을 요청하고 발급을 위한 증명사진을 제출해 달라고 했다. 그런데 증 발급에 필요한 규격화된 사진이 아닌, 단체 사진에서 오려 내어 본인 얼굴을 식별할 수 없는 사진을 제출했다. 규격화된 사진이 아니면 발급이 안 되니 다른 사진을 가져오시든지, 없다면 근처 사진관에서 새로 찍어 올 것을 정중하게 요청했다. 그랬더니 막무가내다. 지금 당장 증이 필요한데 규정만 따지고 있다는 거였다. 한 대 맞을 것 같은 험악한 분위기였지만 사무실 뒤에 있는 남자 직원 누구도 민원창구로 나와서 말리는 사람 하나 없었다. "너 내가 누군지 알아? 죽고 싶어?" 하면서 상의를 확 들추는데 족히 20센티미터는 넘을 만한 석 줄의 칼자국이 그의 살찐 배에 선명하게 남아 있었다. 말로만 깡패 똘마니인 줄 알았는데 진짜인가 보다. 이러다가 밤길 조심해야 하는 거 아닌가 하는 무서운 생각이 들었지만, 규정에 죽고 사는 공무원이 어찌하겠는가. 다시 안 된다는 말을 하였다. 당시 나는 막무가내 민원인을 만나면 차라리 맞는 게 낫다고 공직 선배들한테 들은지라 한 대 때리면 맞을 요량이었다. 그는 한참을 내 앞에서 협박에 고함을 지르며 씩씩대더니 동사무소 밖으로 나갔고, 삼십 분 후 새로 찍은 증명사진을 나한테 획 하니 던졌다. 그렇게 소란스럽게 증을 만들고 일주일 후 찾으러 오라고 했다. 일주일 후 그가 왔다. 아무 말 없이 오더니 수령인 서명란에 사인을 하고 갔다. 그가 간 후 들여다보니 '시발년아'라고 적혀 있었다.

지금도 이런 일이 있다고 생각하지는 않는다. 사회가 발전했고 공무원에 대한 인식도 21세기인 지금, 과거보다는 많이 나아졌다고 생각하니까. 이십 년도 더 된 이야기이고, 과거에나 있었던 일이기를 바란다.

공무원이 워라밸 직종이 맞을까

고용 불안전성이 높은 민간 기업보다 직업 안정성이 높은 공직 선호와 함께 공직을 선택하는 이유로 '워라밸'을 말하는데, 정녕 공무원이 워라밸 직종이 맞을까? '9 to 5' 아니, 점심시간이 근로시간에 들어가지 않으니 정확히는 '9 to 6'가 맞겠다. 정해진 근무시간만 적당히 근무하다가 6시 땡 하면 하던 일 멈추고 퇴근하는 공무원이 많은 사람들 인식 속 공직자에 대한 이미지가 아닐까 싶다. 이것이 박봉이라도 공직자를 희망하는 이유일 것이다. 일과 삶의 균형, 즉 워라밸이 가능한 몇 안 되는 직종이라는 생각에 대기업을 그만 두고 들어오는 늦깎이 공무원도 있다. 그러나 일반 시민들에게 익숙한 공무원은 대부분 민원 접점지역인 주민자치센터, 민원봉사실 등 대민 창구에서 일하는 공무원일 것이다. 그곳에서 일하는 분들이 6시가 되어 대민 행정을 종료하고 하루를 마감하는 것을 보았을 것이다. 그러나 이는 행정의 극히 일부이다. 공직에 대한 외부 정보 노출이 적다 보니 생기는 오해일 것이다.

우리나라 공무원 제도는 직무공모제가 아니므로 일반 행정 9급으로 들어오면 민원 부서에서 정책기획실까지, 총무·인사 등 지원 부서에서 건축·교통 등 사업 부서까지, 본인의 적성이나 역량과는 관계없이 운에 따라 자리가 배치된다. 경험과 경력이 쌓이면서 여러 부서를 이동하게 되고, 승진도 하고 조직 안에서 능력을 인정받게 되면 주요 부서, 지자체장 관심의 주요 업무를 맡게 된다.

성과주의가 도입되면서 직원 간의 경쟁을 부추기게 된 면도 있다. 시간이 지날수록 급수가 높아질수록 경쟁이 과열되면서 나와 내 가족을 위한 삶보다 내 인생의 한 부분일 뿐인 조직이 나의 전부를 지배하게 되는 것이다. 근무시간은 물론이고 사적 영역인 근무 외 시간까지 조직이라는 피라미드 구조 안에서 자유롭지 않다. 반복되는 각종 차출 및 대기, 재난·재해 비상근무 및 복구 작업 투여, 최근에는 코로나19 팬데믹 위기 상황 대응 등 행정력이 동원되는 많은 경우가 있고, 흔히 사람들이 생각하는 '9 to 6'는 실제로는 없다. 어쩌면 국가 및 지역사회에 대한 봉사와 헌신이 의무인 공직자들은 초과근무 몇 시간에 쉽게 동원이 가능한 저임금 노동자일지도 모른다.

공무원의 일

공직을 선호하는 또 다른 이유로 공무원 연금이 있다. 그러나 그간 연금법 개정이 직접 이해 당사자인 공무원들의 충분한 의견 반영 없이 정치권 중심으로 이루어져 오면서 공무원 연금의 메리트는 옛말이 되어 버렸다. 특히 2016년 신규 임용된 9급 공무원이 30년 동안 재직하고 퇴직할 경우 현행유지시 받게 되는 수령액은 월 137만 원 정도라고 하니, 과거 30년 이상 근무하고 월 300만 원 정도 받고 있는 선배들하고 비교할 때 화폐의 가치를 참작하면 한 달 생활비를 감당할 수 있을지 모르겠다.

담당 사무 또한 기존 고유 업무는 계속 남아 있으면서 매년 신규 업무를 만들다 보니 점점 업무가 '뷔페식'이 된다. 가짓수는 많고 몸은 힘든데 업무 추진 성과를 기록하려면 뷔페식당에서 뭘 먹었는지 기억나지 않듯 적을 게 없다. 그러다 보니 중요하지 않은 업무를 여러 개 들고 있는 것보다 지자체장 관심 사업 하나를 들고 있는 게 낫다. 고위 간부들의 눈에 자주 띄게 되면 안면도 트이고 개인적 이득도 챙길 수 있어 근무평정에 손해보지는 않는다. 윗사람한테 보고 대상도 되지 않는 작은 업무를 여러 개 들고 있으면 몸만 바쁘고 결국은 평정자로부터 "그 친구는 나한테 보고 한번 하러 올라오지 않던데?"라는 소리를 듣게 된다. 밉든 곱든 부딪혀야 정이 쌓이고 조직에서 생존하는 데도 좋다.

그러나 승진만 포기하면 누릴 수 있는 것도 많다. 직업공무원제를 채택하고 있는 우리나라는 헌법 제7조에서 공무원 신분을 법률로 보장하고 있다. 남자라도 자유롭게 쓸 수 있는 육아휴직, 가족이 아프면 간병휴직, 자신이 아플 경우

질병휴직 등을 쓸 수 있다. 법적으로 보장되어 있는 것을 사용했다고 누가 내 자리를 없애지 않는다. 그리고 할 말도 다 하고 살 수 있다. 그런다고 상사가 나를 자르지는 못한다. 함부로 부서 전보를 시키지도 못하고. 다루기 힘들어지면 오히려 상사 눈치를 안 봐도 되니 더 좋을 수도 있다. 승진만 포기하면 된다. 그래도 내 월급은 연차에 따라 올라간다. 승진에 너무 욕심내지 말고 너무 열심히 살지 않기로 하면 이보다 좋은 직장이 또 있나 싶은 것도 사실이다.

　야근하던 어느 날 식사를 시켰다. 배달이 왔고, 그날따라 여덟 명이나 남아 있어, 코로나 시기에 다섯 명 이상 모이지 말라는 지침을 지키기 위해 한 테이블에 다 같이 앉지 않고 두 개로 나눠 앉았다. 남자 직원 한 사람이 건축직 남자 직원에게 "오 주임님, 우리는 저쪽으로 가입시더" 하며 이동을 제안하니, 우연일 수도 있겠지만 본인 책상에서 식사하는 과장을 제외하고 야근을 위해 남아 있던 남자 직원 네 명 모두가 건너편 테이블로 이동을 했다. 결국 이쪽에는 여자 직원 세 명만 남겨졌는데 갑자기 기분이 이상했다. 성별 문

제에 있어서 남자보다 여자가 민감해서일까, 남녀칠세부동
석 조선시대도 아닌데 남녀로 구분해서 밥을 먹다니. 우리
테이블의 여자들이 숙덕거리기 시작했다. 그냥 넘어가도 되
는데 오지랖과 예민함을 두루 갖춘 내가 그냥 넘어가지 못
한다.

"일부러 이렇게 된 건 아니겠지만, 남자 여자 나눠서 저녁
을 먹으니 조선시대로 돌아간 것 같아요."

그러면서 건너 테이블에서 가장 싹싹한 남성 직원한테
"박 주임, 박 주임이 우리 테이블로 와서 성비 균형을 좀 맞
춥시다" 하고 큰 소리로 말하니, 자기 자리에서 식사를 하던
과장이 벌떡 일어나서 둘러보면서 "하~, 정말 그렇네요" 한
다. 눈치 빠른 박 주임은 상황을 파악하고는 "네, 팀장님" 하
고는 도시락을 들고 이쪽으로 후다닥 넘어온다.

다시 하하 호호 하며 즐겁게 식사를 시작했다. 우리 테이
블이 소란스러워지니 건너 테이블이 조용해졌다. 일부러 그
랬든 우연히 그랬든 따지지 않고 그냥 그들을 이해하기로
했다. 우리 여자들이 같은 여자를 만나고 대화하는 게 더
편하듯이 그들도 마찬가지라고.

세상에는 많은 직업들이 있고 그중 어떤 직종은 남자가,
어떤 직종은 여자가 많기도 하다. 그런데 상대에 대하여 알
기 전에 호칭만으로 상대방의 성을 구분할 수 있는 경우가
많다. 왜냐하면 많은 직종에서 여성을 칭할 때는 '여'를 붙이

기 때문이다. 여의사, 여선생, 여교수, 여류 작가 등등. 그러나 여 주임, 여 과장은 여자가 아니다. '여 과장'처럼 직책에 '여'가 붙을 때는 성이 '여' 가인 남자 직원이다. 직종에 '여'를 붙인다는 것은 여성이 소수라는 의미이다. 전통적으로 남성의 영역이었으나 여자가 진출한 경우 다수의 남자들에게는 '남'이라는 호칭을 생략하고 소수 성별인 여자들에게 '여'를 붙여 구분하는 것이다. 그렇게 성 역할에 대한 고정관념이 아직 존재하고 있고 이러한 고정관념은 여성들이 일자리를 구하는 데 불리하게 작용한다.

시대가 발전했다지만 결국 갈등의 해결은 '파워 게임'을 기반으로 하고 있고 물리력이 들어가야 한다. 갈등의 해결도, 전쟁도, 범죄자를 진압하는 것도 물리적인 힘에 의해 정리되는 경우가 많다. 그런 면에서 상대적으로 약자인 여자는 폭력과 강압 앞에 결국은 뒤로 물러서거나 양보를 해야 했다. 그러나 부당한 일을 겪을수록 여자도 강해진다. '슈퍼우먼'이 등장한다. 직장 내에서도 성과를 내기 위해 더 치열히 경쟁하지만 좋은 엄마, 좋은 아내도 포기할 수 없다. 아니, 사회가 직장을 통해 자기실현을 하는 여성들에게 만능이 될 것을 요구한다. 당당하게 자신을 대변할 수 있는 강인한 여성이 젊은 여성들에게 열광적인 인기를 끌기 시작했고 '걸 크러쉬'를 일으키는 '센 언니' 캐릭터가 사랑받고 있다.

여성 래퍼 중심으로 시작된 '센 언니' 캐릭터는 여자 연예인을 넘어 확산 중이다. '할리데이비슨'을 타는 올해 58세의 배화여대 신계숙 교수는 갱년기를 극복하기 위해 오토바이를 배우기 시작했다고 한다. 뼈 부러지면 붙지도 않는 나이에 무슨 오토바이냐고 주변에서 하는 걱정에 오히려 지금이 아니면 앞으로 못 하는 일이 더 많아지겠구나 싶어 그길로 나가 오토바이를 샀다고 한다. 하루에도 몇 번씩 멋있다는 소리를 듣는 그녀의 좌우명은 "하고 싶은 일은 오늘 당장 한다"라고.

또한 1980~1990년대 온 가족을 텔레비전 앞으로 모이게 했던 '미스 코리아' 선발대회는 이제 텔레비전 정규 방송으로 보기 어렵다. 오히려 남성 못지않은 근육을 장착한 여성 머슬 마니아들이 보디빌딩, 피지크, 피규어 등에서 구릿빛 건강미를 뽐내며 스포츠와 엔터테인먼트 분야를 모두 휩쓸며 관객들의 시선을 사로잡고 있다. '걸 크러쉬'와 '센 언니' 인기의 영향으로 최근 영화에서도 여성을 킬러, 특수 요원 등으로 등장시키고 있으며 얼마 전 인기몰이를 했던 넷플릭스의 어떤 드라마에서 여주인공 역할을 한 이시영은 체지방 8퍼센트로 만들어 낸 뚜렷한 기립근 때문에 CG 논란을 빚어내기도 했다.

여성이 사회에서, 직장에서 인정을 받을수록 남자들이 박탈감과 위기감을 느끼기도 한다. 종종 남성 대 여성으로 갈라져 의견 충돌이 격렬히 일어나기도 하는데, 이런 과열 현상을 여성의 권리 신장에 저항하며 나타나는 백래시Backlash 현상으로 전문가들은 보고 있다. 최근 성별 대립 양상을 보이고 있는 개그우먼 박나래의 〈헤이나래〉 사건에 대하여 살펴보자. 2021년 3월 론칭한 15금의 유튜브 채널 방송 중에 박나래가 남자 인형의 옷을 갈아입히는 과정에서 수위 높은 장난을 쳐서 남성에게 불쾌함을 줬다는 이유로 현재 자필 사과 편지 공개, 출연 중인 프로그램에서의 공개 사과, 경찰 조사까지 마쳤는데, 이에 똑같이 죗값을 치러야 할 남성 연예인을 찾자고 맞불을 놓는 여성 누리꾼까지 등장하면서 사건의 기세가 수그러들지 않고 있다.

과거에도 성을 유머 코드로 한 개그맨들이 있었다. 신동엽은 지상파였다면, 지상렬의 경우는 유튜브를 활용해서 내 기준으로는 33금의 〈노모쇼〉라는 수위 높은 많은 방송을 했었다. 문제가 생긴 적은 없었고 다들 웃고 넘겼다. 여자로는 안영미가 '가슴 춤'과 'Y존 댄스'를 추었고, 앞서 말한 박나래는 넷플릭스에서 19금 스탠딩 코미디인 〈농염주의보〉를 통해 한국의 여성 코미디언으로는 불가능한 영역이었던 성인 개그쇼를 성공적으로 론칭하였다.

그러나 우리 사회가 여성에게 성을 개그 코드로 할 수 있도록 허용하는 것은 여성이 자신의 신체나 개인적인 성적 경험을 개그 소재화했을 경우일 뿐, 그 범위가 타인 즉, 남성의 영역으로까지 확대되는 것은 아직 '언터처블'한 영역이다.

그러나 남자들을 보자. 그들은 여성을 소재로 사람들을 웃기고 〈노모쇼〉에서 지상렬은 야한 역할을 도맡아 하는 여성들에게 묻어 가고 있다. 결국 여자든 남자든 여자를 성적 개그 소재로 삼고 있다는 것이다.

우리 사회가 그동안 성 역할에 대해 가지고 있는 고정관념을 보면, 남성의 경우 대범한, 이성적인, 진취적, 활동적인, 무뚝뚝한 등으로, 여성에 대해서는 가정적인, 요리와 살림 잘하는, 수동적인, 상냥한, 감정적인 등으로 나온다. 이러한 성에 대한 고정관념은 개인의 능력이나 성과보다는 성별이 개인 능력 평가에 영향을 준다는 것을 의미한다. 모병제부터 여성 군사훈련의 필요성까지 요즘 들어 우리 사회에서 보이는 남성, 여성에 대한 기존 역할에 대한 의문과 논란 제기들은 그동안 대면하기 꺼리며 탁상 밑에 숨겨 놓았던 문제를 밖으로 노출함으로써 사회적 논쟁과 합의가 이루어지는 과정이 될 것이라 믿는다. 이를 통해 양성의 역할에 대한 발전을 가져올 것이라고 믿기에 양팔 벌려 환영하는 바이다.

세상에 필요한
공무원의 모습

"뭐, '시티 홀'? 아니, 저 드라마는 무슨 얘기를 보여 주려고 제작한 거지? 코미디물 같은데 공무원들을 우스갯거리로 만들려고 그러나?"

2009년도 SBS 드라마 〈시티홀〉 방영 예고 홍보물을 보면서 내가 느낀 당황스러움이다. 공무원과 공직 사회를 비난하는 여론을 많이 듣다 보니, 자라 보고 놀란 가슴 솥뚜껑 보고 놀라듯이 이번에는 또 무슨 얘기를 하려고 하나 싶어가슴이 철렁했다. 해당 드라마는 인주시라는 가상 도시를 배경으로 시청에서 일어나는 여러 사건들을 코믹하게 때론

진지하게 보여 주면서 정치에 환멸을 느끼고 무관심해지기보다는 그렇기에 더 적극적으로 참정권을 행사해야 한다고 말하는, 스타 극작가 김은숙 극본의 로맨틱 코미디 정치 드라마였다. 처음 볼 때는 당황스러움과 궁금함으로 눈을 반쯤 감고 봐야 했으나, 드라마는 생각보다 '웰 메이드'였고 마지막 회로 달릴수록 안도하며 편하게 시청할 수 있었다.

공직에 대한 관심이 늘어나면서 드라마와 영화에도 공무원이 주인공으로 나오는 경우가 늘고 있다. 〈시티홀〉을 시작으로 국가정보원 요원들의 이야기를 담은 〈7급 공무원〉(2013년), 우리 사회의 공무원에 대한 전형적인 인식을 날것으로 보여 줬던 윤제문 주연의 〈나는 공무원이다〉(2011년) 등이 있다.

영화 〈나는 공무원이다〉에서 윤제문의 좌우명은 "흥분하면 지는 거다"이다. 공직을 잘 수행하기 위해선 평정심을 잘 유지해야 한다는 것이다. 그런데 나는 종종 평정심을 잃는다. 영혼 없는 공무원은 흥분할 것이 없겠지만 나는 영혼 없이는 살고 싶지 않다. 업무에 열정을 부으면 보람과 성취감으로 돌아온다. 잘 만든 정책 하나로 많은 시민에게 혜택을 줄 수 있는 만큼, 지금 하는 일이 지역사회에 미치는 파급력을 알고 있기에 항상 큰 책임감을 느끼며 열심히 일해 왔다.

그러나 언젠가부터 내가 공무원인 것이 자랑스럽지 않다. 내 영역에서 전문성과 책임감을 갖고 열심히 살아왔다는 스스로의 평가와는 달리, 사회에서 공무원을 철밥통에 구태의 연하고 탁상행정의 무능력함과 청렴도가 떨어지는 집단으로 보고 있다고 느끼기 때문이다. 실제로 그렇게 조사된 결과도 있다. 인사혁신처에서 바람직한 공무원상 정립과 관련하여 2015년도에 실시한 조사 결과를 보면 국민들이 생각하는 공무원의 주요 자질은 책임성, 성실성, 청렴성, 봉사성과 전문성 순으로 나왔으며 긍정이 부정적 평가보다 앞섰던 전자의 3개 자질과 달리 후자 2개는 부정적 의견이 긍정적 평가보다 더 많이 나왔다. 공무원들이 스스로 생각하는 필요 자질을 살펴보면 전문성, 책임성, 성실성, 청렴성, 근무 의욕 등으로 나와 국민들의 의견과 큰 차이가 없었다. 그러나 각각의 자질에 대한 자기평가에서 모든 자질이 국민들의 평가보다 월등히 높은 결과가 나왔으며, 국민들이 부정적으로 평가한 봉사성과 전문성에서도 높게 나와 국민들과 공무원들 사이에 인식 괴리가 큰 것으로 조사되었다. 이러한 괴리감은 공무원들이 자기 객관화가 되지 않은 데서 찾을 수도 있으나, 국민과 공무원 사이의 소통의 부재, 공직 사회의 불투명성과도 연관이 있다고 생각해 본다.

소통은 외부와 직접적으로 하는 것도 중요하지만 내부 구성원과의 소통도 병행하는 노력이 중요하다. 소통을 통해 부서 간 갈등을 없애고 협조와 협력을 끌어내야 효율적인 조직 운영도 가능하다.

어느 날이다. 전자정부시스템 시도행정포털에 최근 게시판, 업무 연락, 언론 홍보, 자유 게시판 외에 '소통'이라는 카테고리가 생겼다. 좋은 시도였지만 누가 용감하게 자기 실명을 달면서 '소통합시다', '협조합시다' 하고 글을 올린단 말인가? 예스맨만 살아남는 분위기에서 소통이 될 리는 없다. 몇 달이 지나도록 게시판 관리자 외에는 아무도 글을 올리지 않았다. 직원들의 외면을 당하며 자리만 차지하던 소통 게시대는 어느 날 사전 예고도 없이 조용히 사라졌다.

조직 구성원들의 직장에 대한 만족도를 높여 보람을 느끼게 하고 이로써 일에 대한 열정과 책임을 북돋을 수 있다면 대 시민 서비스에서도 질적 차이가 날 수밖에 없다. 그러나 공무원은 세금을 임금의 재원으로 하다 보니 그들의 직무 만족도 등을 위해 소중한 예산을, 지방 재정도 튼튼하지 않은데 사용하기란 쉽지 않다. 그래서 예산이 소모되지 않는 비예산적 대안책을 주로 활용하는데, 예로 일주일에 두 번을 가정의 날, 정시 퇴근하는 날로 정해 '9 to 6'를 확립하여 근무 환경 개선을 시도하고 있다. 매주 수요일, 금요일 퇴근 시간 5분 전이면 어김없이 안내 방송이 흘러나온다. 초과근무 수당을 지급하지 않아도 되고 워라밸을 추구하는 직장으로 홍보도 되니 나쁘지 않은 방법이다. 다만 업무가 바쁜 사람들은 한 귀로 듣고 한 귀로 흘려야 하지만.

대다수 공직자들은 성실하다. 많은 욕심을 내지도 않고

성격도 둥글둥글하다. 어쩌면 그런 성향을 가진 사람들이 고시를 통해 공직에 입문하는 것 같기도 하다. 나도 그런 사람들 중 하나이다. 대충 시간 때우며 퇴근 시간만 기다리지는 못한다. 평생을 습관처럼 열심히 일해 왔고 종종 그것이 오히려 문제라고 생각이 들 때가 있다. 열심히 일하면 할수록 결과가 좋지 못할 때, 다른 이해관계로 인해 방향이 틀어질 때 실망감도 커져서 점점 무기력하게 변하는 나를 보게 된다. 조직 내 뭔가 잘못되고 있는 게 보일 때 과거 같으면 욕을 먹더라도 고치려 했던 것들을 지레 포기하게 된다. 나이 탓이라는 핑계를 나 자신에게 대어 본다. 사무관으로 승진 후 참석한 중견 리더 양성 교육에 초빙된 강사 한 분이 그런다. 그동안 수고 많았고, 이제부터는 건강을 챙기며 나한테 집중하고 살아야 한다고. 이제 젊게 살 수 있는 날이 얼마 남지 않았다. 나이 오십까지 치열하게 살아왔으면 그것으로 충분하다는 생각이 든다. 주변에 신경을 덜 쓰고 나에게 집중하면서 나만의 아이덴티티를 올곧이 세워서 '인생 2막'을 새로운 삶으로 채우고 싶다. 이것이 지금 현실과 타협한 '나'이다.

금년 봄, 석사를 취득한 지 십 년 만에 불현듯 공부하고 싶다는 생각이 들어 박사 학위를 신청해서 학교를 다니고 있는데, 어느 날이었다. 국제경영전략과정에서 인수 합병에 대한 설명을 하고 있던 교수님이 "인수 행위가 발생하면 기존 조직의 루틴에서 변화가 생겨납니다. 인수당하는 기업이 인수 방식에 대하여 저항이 있는 것은 당연한 거고 인수하는 기업도 역시나 싫어합니다. 기업 가치도 올라가고 시너지도 생긴다는데 왜 대다수의 구성원들이 싫어하는 걸까요?"라고 말하며 나를 쳐다본다. 이어서

"공직 외에는 다른 곳에서 일한 경험이 없는 거죠?"

"네."

"그럼 민영기업에 근무하는 아시는 분 중에서 인수 합병을 경험한 분들은 있는지요?"

"아뇨. 아직까지는 보지 못했습니다."

"공직은 변화가 없어서 민간에서 일어나는 인수 합병에 대해서 잘 모를 수도 있겠네요."

"왜 공직은 변화가 없다고 단정 지으세요?"

우리 사회는 공무원에 대하여 보다 엄중한 잣대가 적용된다. 법으로 정해진 특수 직무를 수행하는 데 필요한 권한이 주어지는 경우가 많아 사회적으로 광범위한 책임과 의무가 부가된다. 국가나 지방정부의 권한을 대신하여 수행함에 있어 수행자가 평소 처신을 바르게 하지 못했다면 법 집행에 대한 권위도 영향을 받게 될 것이다. 그래서 동일한 이슈라 할지라도 행위 주체자가 공무원일 경우 일반 시민보다 더 큰 이목과 지탄을 받게 된다. 공무원은 공적 영역과 사적 영역 구분이 근무 후 개인으로 돌아와서도 분리하기가 어

려운 특수한 관계이다. 개인적인 욕심은 적당히 포기하고 어느 한편에 치우치지 않고 요령껏 처신 잘 하면서 지나치지도 빠지지도 않게 살아가야 한다. '적당히'라는 말처럼 애매하고 무책임한 말도 없다고 생각하지만 그만큼 공무원이라는 직업에 잘 어울리는 단어도 없는 것 같다.

공무원의 의무과 권리에 대해서는 대한민국헌법 제7조에 "공무원은 국민 전체에 대한 봉사자이며, 국민에 대하여 책임을 진다"고 명시하고 있으며, "공무원의 신분과 정치적 중립성은 법률이 정하는 바에 의하여 보장된다"고 명시되어 있다. 구체적인 의무 조항에 있어서는 국가공무원법과 지방공무원법에 명문화되어 있는데 법령 준수의 의무를 비롯하여 성실, 직무 전념, 복종, 직장 이탈 금지, 친절·공정, 종교 중립, 비밀 엄수, 청렴, 품위 유지, 영리행위 및 겸직 금지, 정치 활동 제한, 노동권 제한, 재산 등록 및 공개의 의무가 있으며, 퇴직 후에는 취업 제한이 추가된다. 이 많은 의무와 함께 권리는 어떤 것이 있는가? 신분보장권, 직위보유권, 직무수행, 직명사용, 제복착용권, 행정쟁송권, 보수청구원, 연금청구권, 실비변상청구권이 관련 법에 명시되어 있다. 신분보장권, 직위보유권 등을 제외하고는 이 땅에 사는 국민이라면 당연한 거라서 권리라고 보는 것이 맞는가 싶다.

영웅을 원하는가? 공무원이 만약 우리가 하는 것이 개혁이고 정의이고 공정하다고 믿으며 영웅 심리에 빠지게 된다면 어떤 일이 벌어질까? 편 가르기가 생기고 나와 생각이 다르다는 이유로 상대를 잘못되었다고 보고 배척하게 될 것이다. 공무원은 네 편, 내 편을 가르는 사람이 아니며 중용의 자세로 모든 일을 객관화할 수 있는 능력이 필요하다. 아니면 융통성 있는 공무원을 바라는가? 융통성이 적극적인 법 해석 이외의 것으로 활용되면 공정성을 잃을 수 있다는 함정이 있다. 인사혁신처에서 편찬한 『자랑스런 공무원』을 보면 국제투명성기구에서 발표하는 부패 인식 지수에서 매년 최상위 그룹에 올라가는 핀란드 공직 사회에 대해 언급한 글이 있다. 핀란드의 부패 지수가 낮은 이유로는, 모든 것을 기록하는 투명한 행정, 폭넓게 적용되는 공공성의 원칙, 민주적인 지방자치, 임무가 명확히 정의된 경찰과 사법기관의 구성, 권력 행사를 감시하는 언론 표현의 자유 등과 함께, 법과 규칙 앞에서 융통성 없는 기질을 들었다. 핀란드 공무원 사회에 히어로란 존재하지 않고 존재해서도 안 되며, 공무원은 법규에 따라 모든 국민을 공정하고 평등하게 대하며 편리하게 삶을 영위할 수 있도록 돕는 것이 역할이지, 사회를 선동하고 개혁하는 영웅의 역할이 요구되는 것은 아니라고. 규정을 재해석하고 직권 재량을 발휘해서 특혜를 제공하는 식의 융통성은 오히려 보편적인 공공성을 해칠 수 있기에 더 철저히 법 규정을 따른다고 한다.

　한국의 공직 사회를 보면 특정 기준이 있는 것도 아닌데 결국엔 비슷비슷한 사람들이 모인다. 특별히 못나지도 특출하지도 않은 평균의 삶이다. 사회에서는 공무원을 보수적이고 지나치게 안정 지향적이라고 평가절하하지만, 사회가 팬데믹 같은 위기 상황을 맞이했을 경우 여타의 조직과는 달리 공무원 집단은 침착하게 상황을 컨트롤해 나가야 하기에 조직의 안정성은 매우 중요하다.

융통성 없다는 말에 가슴 답답해지는 경험을 하지 않은 공무원은 없을 것이다. 그렇다고 그들이 흥분해서 원칙을 벗어나서 행정을 처리하지는 않는다. 묵묵히 자신의 자리를 지키고 맡은 직무를 수행한다. 팬데믹으로 시끄러운 세상 속에서도 우리 사회가 안정적으로 돌아가는 근간을 지키는 많은 사람들 속에 그들도 있다.

공평한
숙직 근무란

　한 남성 공무원이 인권위원회에 진정서를 넣었다. 진정의 주요 내용은 이렇다. "당직 명령시 여성 공무원은 일직, 남성 공무원은 숙직만 전담하도록 해, 시청 본관 당직 근무를 여성 공무원은 7~8개월마다, 남성 공무원은 1.5~2개월마다 하게 된다. 이에 남성의 숙직 주기가 4~5배 빠르게 도달하여 양성평등기본법 제3조 성별로 인한 근무 차별 금지에 위배된다."

　지금 공직 사회는 (대놓고 얘기하고 있지는 않지만) 숙직 근무에 대한 불만이 수면 아래서 끓고 있다. 2019년 조사에 따르면, 정부 부처 52곳과 광역지방자치단체 17곳 등 69곳 중 63곳(91.3%)에서 남자만 숙직을 하고 있다고 한다. 특히 2020년에는 여성 공직자가 전체 40퍼센트를 돌파할 것(2019년 39.3%, 행정안전부)으로 예측되는 가운데, 남성만 숙직을 하는 것은 양성평등의 취지에 어긋난다는 진정서가 2020년 11월 인권위에 제출됐다는 사실이 언론에 의해 보도되면서 그 결과에 대한 공직 사회의 관심이 뜨겁다.

나는 이제 쉰이 넘었고 아이들도 대학생이라 얼마든지 숙직이 가능하다. 아줌마는 '제3의 성'이라고 하니 남성과 숙직하는 것도 문제없다. 그러나 모든 사안은 나의 관점에서가 아니라 여러 사람의 입장에서 객관적으로 판단하고 공정하게 처리해야 한다.

현재 여성 공무원의 비율을 살펴보면 결혼과 출산의 적령기라고 볼 수 있는 20~30대가 57퍼센트이고, 근속 연수 5년 이하가 39.8퍼센트이다. 결혼 연령이 높아지면서 40대인 28.6퍼센트까지 포함하면 그 비율은 85.6퍼센트까지 높아진다. 결국 숙직 부담은 이들의 몫이 된다. 어린이집은 4시 30분에서 5시에는 문을 닫는다. 시부모나 친부모가 아이 양육을 지원해 줄 수 있다면 다행이겠으나, 요즘과 같이 각지도생 사회에서는 부모가 손자 손녀를 돌보기 위해 자신의 삶을 포기하려고 하지 않는다.

인권위 진정 건이 수면 위로 올라오자 직원 게시판에는

남녀로 나뉘어 일전을 불사할 태세로 논쟁이 뜨겁게 벌어졌다. 초등학생의 싸움 같은, 더러는 유치한 느낌마저 들 정도이다.

"여직원에게 숙직 서라는 분, 그 여직원이 당신들 엄마, 와이프, 딸이라면 그렇게 쉽게 이야기할 수 있나요?"

"남자 직원이 남편이고 아들이라면 밤에 당직 서라고 하겠습니까?"

"저, 여자이고 제 주변 여자분들 숙직 서는 거 반대 않습니다. 제 주위 분들은 모두 찬성하십니다."

"평소에 여자들은 임신하니까 군대 안 가도 된다고 주장하시는 스타일인가요?"

"여직원이 숙직을 서게 되면 도둑 들 확률이 1퍼센트라도 높아진다는 근거 자료가 있어야 제외될 수 있습니다."

이성적인 대화가 아니라 서로 비난하고 비꼬는 무책임한 글들로 도배되어 있다. 그러나 글에 답이 있다. 논점은 여자와 남자가 문제가 아니라 숙직을 하기 싫다는 것이다.

민원과 긴급 상황에 대처해야 할 필요성 때문이라면 진정 다른 방식은 없는 것일까. 현재 하루 여덟 시간 운영하는 콜센터를 24시간으로 바꾸면 어떨까. 특수직 근무자를 보강하여 3교대 근무를 하도록 하는 것도 가능할 것이다. 일직과 숙직은 계속 실시하나, 청사 당직실 근무가 아니라 재택근무로 변경하되 비상시에는 한 시간 내로 당직실에 집결하여 대응하도록 조치하는 것은 어떨까. 디지털 시대에 계속하여 아날로그 근무 방식을 유지할 필요는 없을 것이다.

2021년 1월 현재 시도행정포털의 공지 사항에는 당직 근무 남녀 통합(여성 직원 숙직 근무)에 관한 설문 조사가 실시 중이다. 여성 직원 74.5퍼센트, 남성 직원 80.4퍼센트로 찬성으로 4월부터 '남녀 통합 당직제'를 실시하면서 여성도 숙직 근무를 하는 것으로 결정이 되었다. 당직실의 남성 숙직실 옆에 여성 당직자를 위한 숙직실을 만들고 남녀 구분 없이 숙직을 한다. 내가 처음 공직을 동사무소에서 시작했던 때에는 숙직실에서 불미스러운 일이 생긴다고 폐쇄하던 시절도 있었는데, 세상이 많이 변했다. 하지만 정말 이 방법이 양성평등 시대에 공평한 숙직 방법인 걸까?

내가 바라는
공무원 조직

 벌써 11월이다. 그 어느 해보다도 전 세계를 시끄럽게 하며 요란한 시작을 알렸던 2020년도 이제 두 달 정도만 남았다. 매년 1월, 자치단체장의 신년사와 함께 연례적으로 실시하는 각종 연초 행사를 마치고 나면 월말부터는 내년도 국비 사업을 발굴하기 시작한다. 정부의 내년도 예산 작업을 위해 각 부처는 4월까지 기획재정부로, 기재부는 각 부처의 예산 요구액을 반영한 정부안을 5월까지 만들어야 한다. 때문에 다음 해의 주요 사업을 발굴하고 선정하기 위한 지방자치단체의 아이디어 회의는 1월 말부터 시작되어 계속 진행된다. 그런데 올해는 코로나 발발로 인해 이 모든 일들이 조용하다. 직원의 3분의 1이 비상근무 및 차출, 자가 격리 등으로 자리에 있지 않았고, 부서마다 매년 일정에 따라 추진하던 많은 것들이 기약 없이 미뤄졌다.

우리 팀은 전부 네 명이다. 두 번씩 차출된 직원을 포함해 세 사람은 코로나 감염병 지원을 위해 차출되었는데 어쩌다 보니 팀 주무만 제외되었다. 주무가 말한다. "저도 갔다 와야 하는데요. 그래야 나중에 코로나 지원 업무 얘기할 때 저만 소외되지 않을 텐데요." 그의 말이 맞다. 이는 남자가 군대 얘기하고 여자가 출산 경험을 얘기하는 것과 같은 거다. 초기 비상대책반 구성과 운영, 역학조사반을 통해 신천지교회 신자들에 대한 증상 유무 확인, 확진자 급증시 감염병 관리 병동 지원, 생활치료센터 근무, 각종 의료품 및 물자 조달, 기부 물품 전달 및 1차 생계 자금 지원은 이미 끝났다. 그 후 2차 생계 자금 지원이 결정되면서 주무를 코로나 지원 업무에 보낼 수 있었다. 그렇게 코로나 대응으로 매년 추진하는 일상적인 일을 제대로 챙기지 못하는 사이 상반기가 흘러갔다.

나는 지역 중소기업들의 해외 마케팅을 지원하고 있다. 내수 시장이 작은 국내 환경에서 수출은 대한민국의 경제를 이끄는 가장 중요한 분야 중 하나이다. 대구의 경우 기계 부품이 전체 제조업의 50퍼센트를 차지하고 있고 그중 자동차 부품이 20퍼센트의 비중을 갖고 있을 정도로 두 품목은 지역을 대표하는 주요 산업이다. 여전히 지역 수출에서 10퍼센트 정도의 큰 비중을 차지하는 전통적으로 우리 지역 강세인 섬유산업의 경우 내년 트렌드를 봄부터 준비해야 한다. 그러나 코로나 바이러스로 인해 공장이 셧다운되고 항만이 폐쇄되면서 수출입 길이 막혀 버렸다. 춘계 전시회 참여를 통해 익년도 트렌드와 패션 경향에 따른 직물 세일즈를 일 년 전부터 하는데 전시회는 취소되고 하늘길은 막히고 주요 수입국들의 신규 오더를 받지 못하게 되면서 지역 주요 산업의 성장률이 40퍼센트 이상 최대 60퍼센트까지 떨어졌다. 임금을 감당 못 하는 기업들을 지원하기 위한 경영 안정 자금이 계속 쏟아져 나왔으나 언제 끝날 줄 모르는 팬데믹 상황은 기업을 움츠러들게 만들고 있다. 끝이 보이지 않는 형국이다.

내가 바라본 공무원 조직은 가족적인 조직 문화를 요구한다. 인정에 기반을 두다 보니 종종 공사 구분이 모호하다. 서로 챙겨 주는 가족 같은 직장, 함께 일하는 직장 동료로서의 고통 분담이 우선이기에 공직 사회의 체질 개선이나 효율적 근무 환경 조성은 더디기만 하다. 한 예로 '차출 문화'를 들 수 있다. 세미나, 포럼 등 각종 행사에 직원들 동원은 일상이다. 월례 조회도 차출이고 각 부서별로 추진하는 행사의 많은 자리가 내부 직원 차지다. 국제 행사처럼 규모가 있는 경우는 부서별 필수 요원을 제외하고 모두 행사장 근무에 투입되기도 한다. (외부 전문 에이전시가 진행하고 있기에) 최소한의 인원 차출로 행사 지원을 하려 해도 예상치 못한 상황으로 불거질 수 있는 책임에서 누구도 자유롭지 못하다. "무슨 소리! ○○○ 팀장, ○○○ 주무관, 당신이 책임질 거야? 필수 요원 빼고 다 나오라고 해" 하면 별 수 없다. 특히 재정 자립도가 약한 지방정부가 역점 사업들을 먼저 지원하다 보면 소소한 부분에는 예산 지원이 어렵다. 그럴 때마다 주말이나 야간에 초과 수당 일일 최대 네 시간만 주면 하루 종일 쓸 수 있는 직원들이 참으로 요긴하다. 박봉이지만, 그리고 2016년 이후 공무원 연금에 대한 메리트도 없어졌지만 직업적 안정성과 '땡 퇴근'의 즐거움, 주말 있는 삶을 기대하며 들어온 MZ세대(밀레니얼 세대와 Z세대를 통칭하는 말. 1980년대 초에서 2000년대 초 사이 출생한 세대)의 젊은 공무원들에게 유감스러운 부분이 아닐 수 없다.

얼마 전의 일이다. 코로나19로 인한 마스크 쓰기 안내 및 포스터 부착을 위해 식당 등 소규모 점포 밀집 지역에 나갔다. 처음에는 6급 이하 동원으로 명령이 내려왔다. 노조에서 반발했다. 왜 동의도 없이 차출하느냐고. 결국 6급 이하 직원은 제외하고 노조 활동이 불가능한 5급 팀장들이 직접 붙이라는 수정 명령이 하달되었다. 팀장이 나간다고 하니 팀원들이 가만히 있을 수 있나. (노조의 주장은 일리 있지만 현실은 또 이런 식으로 흘러간다.) 결국은 팀장마다 50여 개씩 배정된 200개가 넘는 점포를 점검하고 안내 포스터를 붙이기 위해 팀원들이 모두 나갔다. 그런데 현장에 도착해 보니 해당 구청과 시청 담당 부서에서 벌써 여러 차례 포스터도 붙이고 안내도 한 상태였다. 여기저기에서 헛발질 하는 와중에 다시 문자가 왔다. 명령을 취소하니 들어오라고. 총괄 기능 부족, 부서 간 업무 공유 부재, 아날로그적 업무 추진 방식 때문에 생긴 결과이다. 물론 이런 실수는 언제나 있을 수 있다. 그러나 정말 문제는 이런 일이 반복된다는 것이다. 어느 것 하나 제대로 된 해명도 없고 방지책도 마련하지 않는다. 다들 그러려니 하고 넘어간다. 이런 일은 앞으로 또 벌어질 것이다. 처음도 아니고 끝도 분명 아니다.

어떤 사업을 기획하고 집행하고 결실을 맺는 일련의 과정을 보면 씨 뿌리는 사람, 물 주고 거름 주며 갖은 고생을 하는 사람, 수확하는 사람이 모두 따로 있는 경우가 많다. 대개 앞의 두 사람은 잊혀지고 열매를 수확하는 사람만이 인정받고 존재한다. 성과를 최우선시하다 보니 요즘은 결론만이 중요하다. 이미 부서를 옮긴 전 담당자가 이제 와서 자기 지분을 요구하는 것도 쩨쩨해 보이고, 결실을 맺은 사람은 공을 누구와 나누고 싶지도 않기 때문이다. 보통의 주요 사업들은 오랜 준비와 추진 과정을 거친다. 몇 년을 거쳐 준비하더라도 예산을 확보하지 못해 사라지기도 하고, 사장된 사업이 담당자를 잘 만나거나 혹은 시대적 요구에 의해 다시 살아나기도 한다. 공정함이란 사람들을 똑같이, 차별 없이 대우하는 것이라기보다 정당하게 보상하는 것이라고 JP모건체이스 CEO 제이미 다이먼은 말한다. 정량적으로 각자의 공과를 나누기 어렵다 하더라도 결과만 보지 말고 과정을 중요시하는 공정한 프로세스를 갖추어야 직원들이 좀더 긍지를 갖고 일할 수 있다. 그래야 선진사회가 된다. 아무리 애써도 운 좋은 사람을 이길 수 없다는 자조적 말도 사라질 것이다.

학력과 자격증으로
배울 수 없는 것

"뭐 훌륭한 사람이 되려고 해, 그냥 아무나 돼."

가수 이효리가 방송에서 던진 이 한마디가 참 신선했다. 그녀는 자신의 분야에서 최고의 위치에 오른 사람이니 아무나 되어도 괜찮다는 말을 쉽게, 아니면 결론적으로 할 수 있었는지도 모르겠다. 하지만 고만고만한 '미생'의 삶을 살면서 사회로부터, 부모로부터, 내 자신으로부터 조금 더 인정받는 사람이 되기 위해 아등바등 살아왔던 나는 그 말에 숨구멍이 뚫리는 듯했다. 꼭 훌륭하게 살지 않아도 괜찮아. 그냥 평범하게 살아도 잘 산 거야. 너는 최선을 다했어. 하찮은 삶이란 없어. 혹자가 나를 실패한 삶이라 칭한다 해도 역사 속의 수많은 영웅호걸의 이름도 다 기억 못 하는 우리 인데 그나 나나 어차피 다 잊혀질 미생의 삶인 거야. 이 사실을 자각하는 데 시간이 더 필요한 그는 어쩌면 더 불쌍한 인생인지도 모른다.

어려서부터 부모님과 주변으로부터 "커서 훌륭한 사람이 되어야지"라는 말을 계속 들으며 자라왔다. 무엇이 훌륭한 삶인지 우리 사회는 일찍이 친절하게 정의해 주었다. 부모님 말씀 잘 듣고, 학교에서 공부 잘하고, 좋은 대학 졸업해서 돈 잘 버는 번듯한 직장을 다니고, 사회·경제적으로 영향력 있는 사람이 되는 것이라고. 어린 나는 그 말을 무수히 들으면서 한 치의 의심도 없이 동기화하였다. 한 문제를 틀려 95점이면 "수고했네"라는 말 대신 "한 개만 더 맞췄으면 100점인데"라는 말을 들었고, "공부 못하는 애들하고 어울리면 안 돼"라는 어른들 말에 공부 못하는 아이들은 나에게 어느덧 기피해야 할 대상이 되어 있었다.

사회가 요구하는 과정을 훌륭하게(?) 이행한 극소수의 사람들. 그들을 우리는 엘리트라고 칭한다. 시험만 치면 1등을 하는 엘리트에게 우리는 사회를 리드할 특별 권력을 주고 특별한 대우를 해 준다. 그리고 그들은 당연하다는 듯이 받는다. 이와 같은 사회의 기준에 따라 '평범하지만 훌륭하지 않은' 사람이 되어 버린 우리는 그들의 말에 "예스"만을 외치는 수동적인 인간이 되어 버린다. 그러한 삶은 패배자로서의 감정에 자신을 익숙하게 만들어 스스로의 삶에 대한 주도권을 행사하기가 힘들어진다. 어쩌다 우리 사회는 소수의 엘리트 집단이 정답을 정하고 다수의 대중을 지배하게 되었는가? 왜 주류인 평범한 다수의 사람들이 사회에서 비주류적 삶을 살고 있는가.

부모 세대로 일컬어지는 1940~1954년 사이에 태어난 산업화 세대와 한국전쟁 이후인 1955~1963년 사이에 태어난 베이비붐 세대가 있다. 그들은 당시 고도의 경제성장으로 인해 공업고등학교나 상업고등학교를 나와도 회사나 은행에서 임원이 될 수 있었고 남부럽지 않은 부의 축적이 가능했다. 그리고 경제적, 사회적 성공을 의미하는 대학 진학의 중요성을 깨닫고 자녀들의 높은 학업 성취도를 절실히 바라게 되었다. 고액 과외를 하는 고소득층에서 자녀 학원비를 위해 부업을 뛰는 중산층 이하 가정에 이르기까지 한국 사회 전체가 인생의 로또와도 같은 수능에 올인하였다. 부모들은 말한다. 일등 해 본 사람이 일등을 한다고. 그리고 대학에 들어갈 때까지만 고생하면 된다고. 어떠한 이의 제기가 있을 수 없는 정답을 위해서는 선생님이 가르치는 대로 토씨 하나 틀리지 않게 적고 암기하여야 했다. 나와 선생님의 생각이 다를 경우에는 내 생각을 버렸다. 교실에서는 질문도 토론도 없다. 오로지 경청과 암기만 있을 뿐이었다. 끝도 없는 공부에 대한 사회 전체의 압박은 한국을 OECD 최고의 청소년 자살률을 가진 국가로 만들었다. 이 순위는 몇 년째 굳건히 지켜지고 있다. 나라를 이끌 인재를 양성해야 할 학교는 한정된 자원의 쟁탈과 신분을 공고히 하기 위한 수단이 되어 버렸다.

한때 계층 이동의 사다리라고 불리던 사법고시, 외무고시, 행정고시가 있었다. 이 3대 고시 제도는 현재 행정고시만 남은 상태이다. 폐지된 사법고시와 외무고시는 고시 과열 현상, 유착 관계 형성, 과도한 시간과 비용의 낭비와 함께 시험만으로 자질을 평가 할 수 없다는 이유로 폐지되었고, 현재 법학전문대학원, 외교관 후보자 선발 시험으로 바뀌어서 실시되고 있다. 그럼에도 불구하고 특정 대학 출신의 쏠림 현상은 여전하다. 지방대 출신은 찾기 어렵다. 자식에게 훌륭한 스펙을 쌓게 하기 위한 부모의 경제력과 정보력이 필수 조건이기 때문이다.

공교육의 권위는 계속 무너지고 있고 학원과 과외 없이는 일반 대학도 가기 힘들다. 인생 초반을 입시에만 올인해서 명문대에 들어간 상위권 성적의 학생들은 그간 고생에 대한 보답인 양 인정 투쟁을 벌인다. 그리고 그들이 사회 상류층을 차지하고 나면 사회·경제적 신분 하락을 막기 위해 신분 추락 방지 장치인 유리바닥을 만들게 된다. 사회적 약자의 신분 상승을 어렵게 하는 유리천장 위에 또 다른 유리바닥은 신분 간의 이동을 더욱 어렵게 만들고 고착시킨다. 최상위층은 그들만의 카르텔을 형성하고, 하위 계층은 살아남기 위한 자기들끼리의 경쟁이 더욱 치열해진다. 잘난 사람일수록 다른 사람의 고통과 어려운 처지에 관심이 없고 무감각하다. 경쟁과 서열 중심의 입시 교육과 사회 문화 속에서 건전한 가치관과 인성이 형성이 되지 않은 채 어른이 되어 버린 것이다.

공직 사회를 살펴보자. 과거에는 고시 제도를 통해 신분 상승이 가능했는지 모르지만 요즘 주위를 보면 '개천에서 용이 난' 케이스를 찾아보기 힘들다. 대부분 SKY 대학 출신에 집안도 부유하며 그들은 또 그런 집 아들딸들과 결혼한다. 그들만의 세상이 이렇게 만들어지고 특권 의식이 형성되면서 보통의 사람들은 다른 세상 사람이 된다.

요새는 웬만한 지자체도 4급 이상 고위직 간부의 60퍼센트 이상은 고시 출신이다. 하위직으로 들어온 경우 20~30년 일하면, 그것도 운이 좋아야 '공직의 꽃'이라 불리는 사무관이 될 수 있다. 출가한 딸도 사무관이 되면 친정에서 호적을 되살린다고 하니, 한번은 달아 보고 싶은 직급이다. 그러다 보면 어느덧 나이는 50대가 되어 있다. 그러면 결정해야 한다. 계속 나를 버리고 일하며 4급, 3급까지 올라가기 위해 전력투구할 건지, 아니면 이쯤해서 적당히 현실과 타협하며 살 것인지. 도달할 수 있는 그 끝이 빤히 보인다면 스트레스 받아 가며 열심히 일할 필요가 뭐 있겠나. 그래서 하위직 출신들은 간부급으로 올라갈수록 윗선과의 돈독한 인간적 유대감을 형성하여 한 살이라도 젊을 때 동기와 선배를 제치고 빨리 승진하는 것이 중요하다. 조직 내 정치적 역량이 업무 능력보다 중요해진 것이다. 과거에는 어떻게 저럴 수가 있느냐며 비난했지만 지금은 능력을 상징하게 되면서 부러움의 대상이 되었다. 변해 버린 평가 기준은 다른 동료 및 후배들에게 야망의 싹을 틔우는 동기가 된다. 직원들도 같이 일하는 상사의 정치력을 원한다. 팀장 또는 과장이 윗선과 친분이 있어야 조직 내 힘이 생기고 그래야 직원들이 그 덕을 볼 수 있으므로 고개를 숙이고 충성하게 된다. 일만 하는 정치력 없는 상사는 직원들에게 무시당하고, 본인 또한 직원들 눈치를 보느라 고역이긴 마찬가지다.

　사무실에서 일을 하다 보면 종종 듣는 소리가 있다. "역시 고시 출신이야. 어떻게 저렇게 금방 핵심을 파악하지? 정말 똑똑해"라고 말이다. 고시를 패스한, 대학을 갓 졸업한 이십 대의 젊은 중간 간부가, 9급 출신이 평균 24~25년의 현장 경험을 통해서야 될 수 있는 사무관 자리에 앉아도 우리는 그들이 40~50대 하위직 출신의 공직자를 충분히 지휘할 자격이 있다고 생각한다. 좋은 대학 나오고 어렵다는 시험도 통과했으니 능력이 객관적으로 검증이 된 것이다. 그러나 시험만 통과하면 다른 것들은 고려할 필요가 없는 것인가.

2019 글로벌 인재 포럼에서 '한국의 구글'이라 불리는 건축물 시뮬레이션 소프트웨어 세계 1위 기업인 마이다스아이티 이형우 대표로부터 인재 육성에 대한 흥미로운 발표를 들었다. 보통 공채를 하면 500:1, 1000:1의 경쟁률을 보이는 이 회사는 노 스펙, 노 학력學歷으로 인재를 뽑으면서 매년 높은 성장률을 나타내는 것으로 유명하다. 그가 2017년도 인사팀을 통해 실시한 학력과 성과의 상관관계에 대하여 조사한 결과를 발표하였는데 그 결과가 뜻밖이었다. 2017년도 『중앙일보』에서 발표한 대학 순위 기준으로 1~10위는 1그룹, 11~40위는 2그룹, 기타를 3그룹으로 나누어서 성과 상위 15퍼센트 직원의 출신 대학을 살펴보니, 3그룹에서 최고의 성과를 나타내었고 이어 2그룹, 1그룹 순으로 나타난 것이다. 학력과 자격증은 인재의 성과와 능력에 비례하지 않는다는 것이다. 일류 대학 출신을 채용하지 않는다는 구글은 데이터를 다루면서 오래전부터 이를 알고 있었고, 하버드 비즈니스 리뷰에서는 영업 사원의 경우 입사 6개월만 지나면 대졸과 고졸의 차이가 없다고 했다. 그렇다면 성적만이 아닌 다른 무엇이 능력으로 나타나는 걸까? 그는 역량과 기술, 지식의 조합으로 나타난다고 말한다. 지적 능력만 있고 역량과 기술이 부족하면 능력이 발휘될 수 없고 반대로 역량과 기술이 있더라도 지식이 없으면 성과를 만들 수 없다. 그중 가장 중요한 역량은 가치와 전략에 의해서 정해지고

이는 사춘기 전후의 경험과 체험에 의해서 학습되어진다고 한다. 획일화되고 박제된 지식을 습득하는 한국 사회 초·중·고등학교 교육의 문제점을 다시 한번 생각하게 되는 부분이다.

김동춘 성공회대 교수는 한 칼럼에서 "고시제도가 일종의 특권 지위를 보장해 주는 국가 공인 특허권 획득 경쟁이기 때문에 지망자들의 사적 욕망이 공공심을 압도하며 결국 국가를 사익 추구의 장으로 만든다"고 했다. 공직 사회가 사익 추구의 장으로 변질될 가능성이 존재한다는 것이다. 우리나라 고시 제도는 일본을 모방하여 도입되었지만, 일본은 일찍이 해당 제도를 없애고 7, 9급 공무원을 뽑아 현장 경험을 두루 거치게 한 후 5급 사무관으로 임용토록 하고 있다. 중국의 경우는 직급이 아닌 업무별로 우리나라 중앙행정부처와 같은 국무원에서 필요한 중·하위 직위를 공모하여 선발하고 있다. 리더십, 업무 능력, 조직 친화력 등을 바탕으로 상향·하향식 평가를 통해 고위직으로 올라갈 수 있는 기회를 제공한다고 한다. 현실이 이러한데, 시험으로만 사람의 능력을 평가하는 것에 대하여 의심해 본 적은 없는 것인지.

고시 제도의 다른 우려는, 그들이 하급직 경험이 없다는 것이다. 경험이 없으니 당연히 하위직에 대한 공감 능력이 떨어진다. 그래서 고위직과 하위직을 연결하기 위해서는 중간 간부(광역시·도의 경우 4·5급)의 역할이 중요한데, 웬만하면 근속 정년에 의해 승진하는 하위직과 달리 성과와 충성심을 기반으로 승진하는 중간 간부는 더더욱 '윗사람 바라기'가 되어 'bottom up' 역할보다는 'top down' 역할만 수행할 가능성이 크다. 이러한 상관관계로 인해 하위직과 고위직 간의 공감과 소통은 점점 어렵게 되고, 폐쇄적인 직장 문화는 정보가 아래까지 내려오는 것을 방해한다.

고시를 통해서만 공직의 중간 간부로 직행하는 것은 아니다. 일부 보직은 공무원 개방형 직위로 두어 내·외부 인사 중 적격자를 영입하기도 하고, 2015년에 신설된 외부인만 지원 가능한 경력 개방형 직위 제도를 통해 공직에 들어오기도 한다. 이러한 개방형 직위는 공무원 조직의 전문성과 투명성을 확보하기 위해서 도입된 제도이나 주기적으로 성과를 측정하고 재계약을 해야 하는 신분의 불안정성으로 인해 자리의 안위 챙기기에 급급해지는 것을 볼 수 있다. 조직에 활력과 효율성을 높이기 위해서 도입하였으나 긍정적인 변화를 주기도 전에 공무원 조직에 동화되어 수동적으로 변하는 것을 보면 안타까운 생각이 든다. 낯선 조직 문화와 언어를 이해하고 폭넓게 정책을 파악하는 능력도 갖추어야 할 것이다.

행정은 종합예술이라고도 한다. 다양한 업무와 그와 연관된 무수히 많은 이해관계 속에서 종합적 사고를 하고 최고의 정책을 만들어 내야 한다. 내가 맡은 업무뿐만이 아닌 다른 부서의 업무도 알아야 서로 시너지를 내는 정책을 수립하고 추진할 수 있다.

나는 6급 5년 차가 지나서야 5급 중간 간부가 되기 위한 역량 교육을 받았다. 자기진단과 함께 정책 기획, 문제 해결, 의사소통 훈련 등을 위한 과제 학습, 역할 연기, 발표 및 집단토론 등을 교육받았다. 그러나 교육을 받는 동안 내가 느낀 것은 왜 이제야 이런 교육을 받는 것일까 하는 의문이었다. 조금 일찍 배웠더라면 그간의 실수나 시행착오를 방지하여 업무의 질적 수준을 높일 수 있지 않았을까 하는 생각에서였다. 지금까지 무수히 자리를 옮기면서도 정형화된 업무 인수인계라는 것을 받아 본 적이 없다. 처음 일을 시작할 때도 업무 매뉴얼을 배워 보지 못하였으며 그때그때 상황에 맞춰 닥치는 대로 배우며 일해 왔다. 실수를 통해 배우고 선임들의 페이퍼를 모방하면서 스스로 터득했다. 무엇을 전공했는지는 고려되지 않았으며 직무 성향에 대한 분석도 없이 빈자리 메꾸기식으로 경력이 쌓여 왔다. 그러다 보니 시간이 지나면서 어느 부서에서 어떤 업무를 보느냐에 따라 직원들 간의 역량이 크게 벌어졌다.

지금의 인사 상황을 보면 문제가 더 심각해지고 있다. 몇 년도 해당 직급 승진자가 과에서 또는 국에서 몇 번을 받고 있느냐에 따라 그 후순위 직원을 영입한다. 나보다 고참이 오면 근무 평가 등에서 순위 경쟁이 불가피할 수밖에 없고 그러다 보면 부서 분위기가 나빠지기 때문이다. 능력과 경력은 중요하지 않다. 일에만 집중하고 있으면 내 근무평정을 방어할 수 없다. 짬짬이 다른 부서 직원들의 연차는 어떻게 되는지, 동급의 직원들이 근무평정은 어떻게 받고 있는지, 나는 지금 현 부서에서 몇 번인지를 알고 그것을 지키기 위해 안테나를 항상 바짝 세워야 한다. 지역사회 발전을 위한 바람직한 공직상은 그다음 얘기다.

AI가 지배하는 4차 산업혁명 시대가 도래하면서 그동안의 전문가 시대의 종말을 고함과 동시에 창의력이 풍부한 인재의 시대가 도착했음을 알리고 있다. 그러나 우리 두뇌에서 창의력을 담당하는 전두엽의 경우 10대 초·중반에 그 성장을 다한다고 한다. 그러므로 아이가 태어나서 중학교를 졸업하기 전까지 여러 경험을 해야지만 창의력이 풍부한 사람으로 성장하게 된다. 우리처럼 대학 입학을 위한 수험 공부에만 매진하는 십 대를 보낸 후 열아홉, 스무 살이 지나 창의력을 발전시킨다는 것은 어불성설이다. AI로 대변되는 디지털리제이션 시대, 전문가 시대의 종말은 창의적이고 협동적인 인재의 시대를 불러왔는데 이 시대를 맞이하기 위해서는 사회 전체가 능력 중심, 실력 중심 사회로 나아가는 노력이 필요하다.

'짝퉁 긍정'과
'복지부동'

난관에 부딪혔을 때 흔히 듣는 말이 있다.

"긍정적으로 생각해. 시간 지나면 다 해결될 거야."

불확실한 낙관주의에 근거한 이 말을 받아들일 수 없어 한마디 한다.

"그렇게 생각하면, 똑같은 문제가 계속 반복될 거야."

그러면 이어서 익숙한 말이 들려온다.

"그래서 뭐가 달라지는데. 달라지는 것 봤어?"

그럼 딱히 할 말은 없다. 그렇게 관료주의적 조직 문화에서 수십 년을 일했으면 변화를 일으키는 게 얼마나 어려운

지 알 법도 한데 불쑥불쑥 올라오는 의욕을 마주하다 어쩌지 못해 슬며시 내려놓으면서 자조하기 시작한다. 그냥 쓸데없는 걱정하지 말고 하던 일이나 하자. 그렇게 정신을 차려 본다. 허무주의에 빠진 긍정을 통해서라도 억지로 오늘을 살아야 한다.

시간이 흐른다고 미래가 되지는 않는다. 그렇게 얻어진 미래는 진보progress가 아니라 무계획적 진보인 진화evolution이다. 긍정적으로 생각만 하는 것은 아무것도 하지 않았다는 것이기에, 미래에 대한 아무 계획도 세워 놓지 않았다면 더 나은 미래가 올 것이라는 요행을 바라서는 안 될 것이다.

승진이 제일의 가치가 되어 버린 관료 조직에서 아침에 문을 열고 출근을 하면 하루 종일 어색한 친화감과 익숙한 침묵이 부서 내에 흐른다. 주무팀장 자리가 빈다고 하니 어떻게 하면 내 앞 사람을 제치고 저 자리에 갈 수 있을까를 작당한다. 성과주의, 경쟁 관계는 근무 환경에 긴장감을 불러오고 열심히 일해야 할 동기 부여가 되는 면도 있지만, 소속감은 약해지고 내부 관계에서 평화가 사라진다. 고장난 브레이크가 아니라 애초에 브레이크는 없다. 제친 자는 승리감에 취하고 뒤처진 자는 패배감과 굴욕감에 더 이상 (같은 부서에서) 동료라는 마음으로 일하기 어려울 것이다.

페이팔 창립자 피터 틸은 경쟁을 제거하면 모든 사람이 단순한 직업 관계를 넘어 장기적 관계 형성이 쉬워진다고 했다. 그리고 소속감이 강한 조직은 오직 소수만이 알 수 있는 '진실'에 접근할 수 있을 것이라고 말했다. 공직에서 '진실'이란 더 좋은 사회를 만드는 것일 텐데, 지금 발등에 떨어진 문제를 지켜보느라 내려진 고개를 들어 장기적 관점으로 사업을 바라보기엔 이미 목덜미가 뻣뻣해져 버렸다.

지역의 발전을 위해, 미래 먹거리를 준비하기 위해 추진해야 할 시급한 사안들이 있다. 그러나 공정한 평가, 예측 가능한 운영 체계 등 조직의 기본 기능에 문제가 있다면 그런 것들도 집중해서 추진할 수 없다. 이러한 근본적 조직 기능이 잘 돌아가려면 부서장의 역량과 가치가 중요하며 건강하게 운영되도록 할 자정 장치도 필요하다. 그러나 무형적인 가치는 성과로 측정되지 않는다. 시도지사까지 보고가 되지 않는 일들은 해 봐야 업무 평가에 도움이 되지 않는다. 기관장이 관심을 가지는 중점 사무를 해야 한다. 그래야 어필도 하고, 일 잘하는 사람이 된다. 평범한 일을 하는 사람이 회의감을 느끼는 건 당연지사. 잘못되었다는 생각이 들지만 불평할 의욕도 없다. 결국 영혼을 버리고 일하는 거다. 그래야 분노하지 않으니까.

채정호 가톨릭대 교수는 긍정이라는 것은 좋은 것이기 때문에 짝퉁이 생긴다고 한다. 흔히 말하는 '좋게 생각한다'는 것이 '짝퉁 긍정'이라는 얘기다. 진짜 긍정은 사물의 존재 방식을 그대로 인정하고 수용하는 것인 데 반해, 좋지 않은데 좋다고 생각하는 것은 왜곡이며 심하면 망상이 된다고 말한다. 일례로 베트남 포로 생활을 8년 하고 나중에 부통령까지 역임한 제임스 스톡데일을 들었다. 어떻게 당신은 그 시절을 버틸 수 있었냐고 사람들이 물었을 때 그는 긍정적으로 생각한 사람은 다 죽었다고 대답했다. 아무런 대비도 없이 그저 상황을 낙관한 동료들은 거듭되는 상심에 시름시름 앓다가 그곳에서 죽었고, 본인은 포로라는 냉혹한 현실을 직시하고 살아남기 위해 그 안에서 쪼그려 뛰기라도 하며 현실을 인정했기에 살아남았다고 말한다.

현실이 부정적인데 억지로 긍정적으로 생각하는 것은 짝퉁 긍정이다. 어려움에 당면했음에도 긍정적으로 바라보는 것은 긍정으로 위장한 '귀차니즘'이 현상화된 것이다.

현실을 직시하는 순간, 해야 할 것들이 많아진다. 담당 업무라면 직접 하면 되고 남의 일이라면 침묵하면 된다. 자기가 할 것도 아니면서 일을 만들면 누가 좋아하겠는가. 다행히 문제 제기나 아이디어가 수용되어 힘들게 현황을 파악하고, 대책을 수립하고, 사회·경제적 효과까지 조사를 마쳤다고 치자. 그렇게 힘들게 만들어 낸 사업이 다행히 잘 진행되면 천만다행이다. 만약 진척도 없고 부정적인 여론에 맞닥뜨린다면 "쓸데없이 일을 만들어 가지고 저 고생을 한다"는 말을 들을 수도 있을 것이다.

현실을 직시하지 않고 '긍정적으로만' 보는 사람은 하던 일만 하면 된다. 현실을 직시하고 변화를 위해 비판할수록 '부정적인' 사람이 되고 일도 많아진다. 부정적이라는 이미지가 한번 고착되면 나중에 타 부서로 전보도 어렵고, 다면평가에서도 불리하다. 그리하여 아무것도 바꿀 수 없기에 바뀌지 않는다는 것을 알게 되는 순간, '복지부동'의 공무원이 되는 거다.

미래를
준비하는 사회

다가올 미래 사회에서 공직이 직업 선택에 있어 최선 또는 차선이라 할 수 있을까? 4차 산업혁명 시대가 가져올 변화 중 하나로 미래 일자리 판도의 변화에 전문가들은 주목하고 있다. 2015년 유엔 「미래 보고서」에 따르면 현존하는 직업의 80퍼센트가 십 년 내에 사라지거나 진화할 것이라 하였다. 세계경제포럼WEF에서 발표한 직업의 미래 보고서에서도 기존 일자리 710만 개가 사라지고 200만 개 전문직 일자리가 새로 만들어질 것이라 예측하였다. 한 미래학자는 지금 학생들의 65퍼센트는 아직 생기지도 않은 직업을 가지게 될 것이라고 한다. 이런 점에서 창업을 넘어 '창직'의 중요성이 부각되고 있다.

그렇다면 우리나라 실정은 어떠한가? 2019년 한국무역협회 국제무역연구원에서 실시한 우리나라와 중국의 대졸자를 대상으로 한 창업에 대한 인식 조사 결과가 흥미롭다. 중국 대졸자의 창업률이 8.0퍼센트에 달하는 반면 한국은 0.8퍼센트로 10배의 차이가 났다. 창업 의향이 있는 대학생은 중국 89.8퍼센트, 한국 17.4퍼센트로 5배가 났다. 이 같은 두 나라 간의 차이는 창업친화적 문화가 얼마나 사회적으로 형성되어 있느냐를 들여다보게 한다. 중국의 경우는 기업과 대학을 중심으로 한 민간 창업 펀드를 통해 자율적 창업이 가능하지만 우리나라의 경우는 기업 펀드는 찾기 어렵고 대부분이 중앙 또는 지방정부 창업 펀드이다. 대학 창업 펀드의 경우 75퍼센트를 정부에서 지원받고 있다. 높은 정부 예산 의존도로 인해 자생력이 약해질 것이 빤하지만 새로 생긴 일자리의 80퍼센트 이상(2012~2014년 새로 생긴 일자리 29만 개 중 24만 개가 창업 기업에서 발생, KDI 2017)이 창업기업에서 나오는 것을 감안하면 창업에 대한 보수적 문화를 변화시킬 정부 예산 지원은 불가피하다.

4차 산업혁명 변화의 물결이 코로나19라는 기폭제와 만나 우리 사회를 더욱 불확실하고 그 끝이 어디인지 예측 불가능하게 만들어 놓았다. 하루가 다르게 발전하는 첨단 기술 전쟁에서 'First Runner'가 되지 못한다면 루저가 될 것이다. 인공지능 메커니즘이 지배할 다음 세상에서 집단주의적 사고로는 생존할 수 없다. 유연하지 않다면 지배당할 것이다. 개개인의 축적된 데이터를 통해서 맞춤형 서비스가 실시간으로 제공될 것이기 때문이다.

오랜 시간 우리 사회는 집단주의적 사고를 기반으로 다수나 주류에만 집중해 왔으며, 비주류나 소수가 가진 '다름'을 틀린 것으로 보고 간과하였다. 제조업 기반의 산업사회에서는 그것이 가능했을지 모른다. 그러나 사회를 변화시키는 것은 번뜩이는 독창성을 가진 소수의 괴짜들이다. 지금 우리 사회는 전기차의 트렌드를 선도하고 사막 한가운데서 하이퍼루프를 테스팅하고 달을 정복하겠다고 천문학적인 돈을 부어 우주선을 쏘아대는 한국의 엘런 머스크를 맞을 준비가 되어 있는가? 위기의식을 가지고 한마음으로 뭉쳐 있는 걸까.

미국 유학 시절의 일이다. 기말 시험을 치르고 있는데 시험 감독하는 교수님이 갑자기 중국인 학생 옆으로 가더니 시험지와 함께 무언가를 집어 들었다. 그것은 우리나라 학생들도 많이 준비하는 커닝 페이퍼였다. 모두들 무슨 일이 벌어진 건가 싶어 황당하게 쳐다보고 있었는데 교수님께서 해당 중국인 학생에게 시험 중단과 함께 퇴실 명령을 내렸다. 그 친구는 쑥스럽게 웃으면서 가방을 챙겨 교실 밖으로 나갔다. 그 이후 들리는 얘기로는 중국인 유학생들이 한통속이 되어서 커닝 페이퍼를 준비했으며 시험 중 자기들끼리 가까운 자리에 앉아 돌리고 있었다는 거였다. 함께 시험을 친 학생들 사이에서는 그들이 다일까, 이번이 처음일까 하는 식으로 소문이 커져 갔다. 학교 측은 그 사건으로 퇴출된 중국 유학생과 주변에 있던 중국인 학생들에게 모두 낙제 점수를 주며 사건을 빠르게 마무리했다.

미국에는 인도와 중동 지역에서 온 유학생도 상당히 많았다. 그들과 팀 프로젝트를 하면 한국 학생들은 불만이 많다. 팀워크를 위해 역할을 분담해 놨는데 모임에 나타나지도 않고 할당받은 자기 분량도 해 오지 않아 팀 평가에 영향을 줄까 봐 걱정이 된다는 게 이유이다. 페이퍼는 한국 학생들이 고생해서 만들었는데, 정작 본인들은 심지어 PPT도 준비안 한 인도 유학생들이 능숙한 영어로 능청스레 발표를 한다. 심지어 위기 상황에서 돋보이기까지 한다.

한국 유학생들은 하나같이 똑똑하고 기본이 성실하다. 자기 몫은 각자 알아서 잘한다. 팀 작업에서 자기 역할을 확실히 하고 데드라인도 잘 지킨다. 그런데 개개인이 잘나서 그런지 한국인끼리 같이 어울리기보다는 친한 소그룹으로 다니며 그룹 간에도 경쟁심이 강하다. 유학 생활을 통해서 내가 본 한국인들은 개개인이 매우 유능하고 똑똑하지만, 서로 어울리기보다는 개별로 다니거나, 끼리끼리만 뭉쳐 다녔다. 우리나라가 남북으로, 동서로, 영남과 비영남권으로, 부자와 가난한 계층으로 쪼개고 쪼개진 모습을 떠오르게 한다. 무슨 일이 생기면 다른 나라 유학생은 떼거리로 몰려와 자국 출신 학생을 두둔하는 반면에 우리는 개인 플레이로 인해 다른 나라 유학생들에게 번번이 밀리는 느낌이 들었다. 중국 학생(비록 잘못은 저질렀지만)과 인도 학생도 똘똘 뭉쳐서 능력 이상을 발휘하는데 만약 우리가 마음을 나누고 함께할 수 있다면 얼마나 멋진 일들이 생길 것인가.

피겨의 불모지인 대한민국에서 기적과도 같이 피겨의 전설 김연아가 나타났다. 피겨 강대국들은 어떻게 피겨 문화도 시스템도 제대로 갖추지 못한(당시 국내 피겨 선수가 100명도 채 되지 않았고 피겨 전용 링크도 없는 척박한 환경이었다) 대한민국에서 불세출의 피겨 천재가 태어났을까 하고 놀랐다고 한다. 높은 교육열과 세계 최고의 평균 아이큐를 가지고 있고, 문맹률이 1퍼센트 미만인 유일한 나라, 오랜 역사와 전통으로 풍부한 이야깃거리를 가지고 있는 대한민국. 우리 국민의 우수성은 의심의 여지가 없다. 이런 개개인의 우수함을 하나로 묶을 수 있다면 어떤 시너지가 나타날까 궁금하지 않은가.

'공복'의 나이는
281세

사회와 공직 내부에서는 공직자를 '공복'公僕이라고 칭한다. 좋게 말하면 공공의 심부름꾼이고, 직역하면 사회와 국가의 종이라는 거다. '군인왕'이라 불리는 프리드리히 2세가 1740년 왕위에 오르면서 "군주는 국가의 제1 공복"이라고 했던 말에서 유래된 것이라고 하니, '공복'이라는 말이 쓰인 지는 벌써 281년이 되었다. 그는 행정과 군대 체제를 확립하여 300여 개의 소국으로 흩어져 있던 독일을 하나의 왕국, 동족이라는 개념으로 확립시켰다는 평가를 받기도 하지만, 실상은 말과 실제 간 괴리가 큰 사람이었다고 한다. 대표적인 계몽전제군주인 그는 전쟁을 혐오한다고 말했지만 사실상 최초의 세계대전으로 불리는 7년전쟁을 일으켰다. 마키아벨리의 『군주론』에 대해서 세상에서 제일 위험한 책이라고 비난했으나 가장 확실한 마키아벨리주의자로 살았으며, 농노제를 혐오스러운 제도라고 하면서도 군대 계급제도에 귀족제를 연동했고 융커Junker(독일 귀족 계급)의 경제사회적 지배를 강화하였다. 46년간의 통치를 끝으로 죽었을 때 당시 철학자 에른스트 아른트는 "그 어떤 군주도 그보다 더 큰 잘못을 저지르지는 않았다"고 혹평했다. 그런 그는 히틀러가 최후를 마친 지하 벙커 가장 깊숙한 곳에 있는 서재에 유일하게 걸려 있는 초상화의 주인공이다. 히틀러가 가장 존경했던 군주인 그가 썼던 케케묵은 18세기 '공복'을 21세기인 지금도 써야 할 만큼 공직에 대한 우리의 사고는 무디고 무관심하며 배려가 없다.

　많은 젊은이들이 공직을 꿈꾼다. 모험과 도전을 꿈꿔야 할 나이에 안정적이라는 이유로 재수, 삼수를 하면서 공직에 들어온다. 꺾일 줄 모르는 높은 청년 실업률은 청년들이 도전하기보다 보수적으로 직업을 찾도록 만들고 있다. 이제 공직은 천직이 아닌 직장이 된 듯하다. 그럼에도 공직에 들어오는 이들은 매우 우수한 인재들이다. 어떻게 그들의 능력을 키우고 활용하여 지역사회 발전에 기여하도록 할 것인가. 어떻게 그들의 역량을 끌어올려 광범위한 분야의 행정 전문성을 키울 것인가.

먼저 인사가 만사이듯이, 그들의 역량과 달성하고자 하는 목표를 파악하여 적재적소에 배치하고 커리어 관리가 될 수 있도록 시스템화해야겠다. 그렇게 하는 것만으로도 열심히 일하는 것이 개개인의 목표에 다가가는 일임을 알기에 직장은 즐거운 놀이터가 될 것이다.

조직 내 전문성을 높이는 방법으로 공직의 문을 양방향으로 다양하게 열어 놓아야 할 것이다. 민간 전문가는 공직에 들어와 자신의 전문 분야에서 성과를 내고, 조직은 전문가의 노하우를 벤치마킹할 수 있어야 한다. 그러나 개방직으로 들어온 민간 전문가가 공무원화되는 일은 없어야겠다.

공직자는 자기 개발 기간 동안 다양한 경험을 통해 역량을 강화하고 전문성을 높여 다시 공직으로 인사상 손해 없이 복귀할 수 있도록 하여야 한다. 안식년을 통한 민간 벤치마킹과 개인 역량 강화는 쉽게 하고, 복귀 시 성과에 대한 평가는 객관적이고 엄정하게 실시해야 한다.

마지막으로 공직자들이 맡은 일에만 전념할 수 있도록 지금의 승진 제도를 과감하게 수정할 것을 제안하고 싶다. 승진에 목매는 것이 아닌 개인의 성장을 통해 공직 사회가 함께 성장할 수는 없는 걸까. 한 계급 올라가기까지 많은 시간이 소요되고 선발 정원도 적다 보니 직장 내 눈치 보기는 물론이고 파견이나 휴직 후 복귀할 경우에는 기존 근무자들의 저항 때문에 불이익을 감수해야 한다. 제도가 있더라도 빛 좋은 개살구가 되어 버린다.

성과 평가 구분이 명확하지 않은 대신 근무 경력과 빠른 정보력, 그리고 사적 네트워크가 승진의 많은 부분을 차지하는 지금, 어떻게 하면 동일 직급 간 경쟁을 줄이고 책임과 권한을 명백히 하여 업무에 집중하도록 할 수 있을까?

이 부분에서 미국식 공무원 제도를 참고해 보자. 일반 직렬 공무원인 GSGeneral Schedule를 보면 등급은 GS1~GS15까지 나누어져 있고 각 등급은 10단계로 구분이 되어 있다. 진급은 근무 연수와 무관하며 상위직에 공석이 생길 때마다 내부, 외부 신청자들과의 경쟁을 통해 채용한다. 만약 당신이 승진에 따른 더 큰 책임감을 원치 않는다면 같은 등급으로 계속 있으면 된다. 또한 직위분류제를 채택하여 권한과 책임을 분명히 하면서, 인사이동은 특정 전문 분야에서만 이루어지도록 하여 업무의 전문성을 살릴 수도 있다.

정부도 공무원 직무급제를 검토하는 것으로 보인다. 직무 내용과는 상관없이 해마다 임금이 오르는 호봉제가 아닌 직무 난이도에 따라 직원 등급을 정하고 이를 평가하여 임금 단계를 결정하는 것이 직무급제이다. 홍남기 경제부총리 겸 기획재정부 장관이 2020년 3월 직무급제를 4~6급의 중간 계층에 적용하겠다고 처음 밝힌 데 대하여 공무원 노조는 즉각적인 반대 의사를 밝혔다. 정부가 일방적으로 임금 차별, 임금 서열화를 강제하고 있다고 주장하며 즉각적인 폐기를 요구했다. 과거 성과급제를 도입했을 때와 마찬가지로 직무를 측정할 정량적, 정성적 계량이 불가능하고 업무 특성상 상호 간의 유기적인 협력이 중요한 상황에서 일방적으로 직무 가치를 산정한다면 내부 갈등과 분열을 가져올 것이다. 험난한 여정이 예상된다.

　　우리를 어디로 데리고 가는지 예측할 수 없는 4차 산업혁명에 이은 코로나19 팬데믹의 영향으로 경제·사회적 불확실성이 높아지면서 직업적 안정성이 높은 공직을 꿈꾸는 사람들이 늘어나고 있다. 나의 경우는 경제적인 목적이 최우선이 되어 공직에 들어오게 되었다. 그러나 근무하면서 내가 수립하고 추진하는 정책과 사업들이 지역사회에 미치는 영향을 보면서 책임감과 함께 업무적 성취감도 경험하였다. 행정을 하는 사람으로서, 기업이나 민간 분야에 있었더라면 느낄 수 없었을 보람도 느끼고 있다. 지금 공직을 꿈꾸는 많은 예비 공직자들은 어쩌면 자신의 적성과 능력, 공직에 대한 사명감보다는, 공무원 연금이나 직업 안정성 등 외적인 조건을 갖춘 직장을 갖기 위해 공무원 고시를 준비하고 있을 수도 있겠다. 특히 수도권에 비해 좋은 일자리가 많지 않은 지역 사정상, 공직 또는 공공기관 등의 취업 경쟁이 더 치열해지고 있다.

그러나 공직 사회는 공무원이 되기를 원하는 많은 수의 사람들에 비해 외부에 잘 알려져 있는 것 같지는 않다. 막상 공무원이 된 후 행정의 다양성과 광범위함을 경험하게 되면 적잖게 당황하는 경우도 종종 생긴다. 어떤 일을 하게 되는지, 어디서 근무를 하는지, 지역사회 각종 이슈들을 어떻게 해결하는지 등 여러 가지 경우에 대한 정보가 부족해서 시민들은 공직 사회를 불소통과 경직된 조직, 철밥통으로만 보고, 공무원들은 정책을 결정하고 실행함에 있어서 시간이 지날수록 더욱 필요시되는 시민들과의 대화가 두렵기만 하다. 그러나 지역사회의 발전을 목적으로 한다는 점에서는 모두가 한마음일 텐데 조금만 더 마음을 열어 소통을 한다면 서로를 더 이해할 수 있지 않을까? 불필요한 논쟁으로 비용과 시간을 낭비하는 것을 줄일 수 있고 정책의 효율성은 높아질 것이다. 아무도 알려주지 않는, 잘 몰랐던 공무원의 세계에 대하여 살짝 들여다보자.

공무원은 근로자가 아니다?

'근로자의 날'인 5월 1일은 2016년 제정된 '근로자의 날 제정에 관한 법률'에 의거 유급 휴일로 지정되어 모든 근로 자들은 그날 하루를 쉬게 된다. 그러나 공무원은 출근을 한 다. 근로자의 날은 사무실도, 특히 대민 부서의 경우 더 조 용한데, 그럴 때마다 드는 의문은 "그럼 우리는 근로자가 아 닌 것인가"이다. 공무원은 근로자가 맞다. 그러나 공직자는 해당 법률이 아닌 '관공서의 공휴일에 관한 규정'의 적용을 받기 때문에 근무를 하는 것이다. 만약 당신이 부부 공무원 이라면 어린이집이 쉬므로 아이를 돌보기 위해 한 명이 연 차를 내야 할 수도 있다. 최근 들어 서울 등 일부 지자체에 서는 근로자의 날을 특별 휴가 등을 통해 쉬도록 하였고 대 구도 그랬다. 취업 포털 커리어에서 2021년 4월에 직장인 302명을 대상으로 설문 조사한 결과 응답자의 77.2퍼센트 가 모든 근로자가 휴무하여야 한다고 답하였다 한다. 세월 이 흐르니 공직을 바라보는 시각도 변화가 보이는 듯하다.

"내 세금으로 네가 월급 받고 사는 거야"

공무원으로 근무하면 이런 말을 많이 듣는다. 나 또한 그랬고 지금도 가끔 듣는다. 우리끼리는 "재원이 세금이라 어쩔 수 없어" 하며 얘기하다가도 들을 때마다 말문이 막히는 것은 여전하다. 보통 민원인들은 자신이 원하는 것이 관철되지 않을 때 마지막 단계에서 이런 말을 하는데, 공무를 수행하는 사람에게도 말을 내뱉은 사람에게도 모두 실례되는 말이니 삼가야 할 것이다. 월급을 받는다는 것은 갑을 관계가 성립된다는 말일 것이다. 공무를 수행함은 법을 집행한다는 건데, 그런 행위에 갑을의 이해관계가 들어가서는 안 될 것이다. 세금은 국가를 수호하고 국민을 보호하는 모든 국가행위를 위해 쓰인다. 우리는 그런 목적으로 고용된 사람인 것이다. 납세의 의무는 대한민국 국민에게 동등하게 적용되는 의무인 것이고 애초에 공무원의 월급을 주기 위해서 거두는 것은 아니다. 자신의 존재 가치를 높이기 위해서 상대의 자존감을 낮추는 것은 정당한 일이 아니다.

법 위의 법, '떼법'

"○○법에 의해서 그렇게 처리하기는 어렵습니다, 예외 조항에 포함되지 않아 해당 사항이 아닙니다"라고 법 규정을 들어 안 된다고 얘기를 해도 민원인은 포기하지 않는다. 법위의 법, '떼법'이 있기 때문이다. 특히 인허가를 담당하는 대민 부서에서 민원인들의 생떼를 많이 볼 수 있다. 이는 법 적용을 무시하고 자신의 이익을 관철시키기 위한 것으로, 법 질서를 무시하는 이기적인 자세이다. 이럴 경우 십중팔구 듣게 되는 말은 융통성이 없다, 하나만 알고 둘은 모른다는 식의 담당자의 인격을 무시하는 말이며, 결국에는 "불친절하다. 부서장 나오라고 해. 너랑은 얘기 안 해"라는 말이 나온다. 그러면 부서장은 민원인과의 소동이 기관장에게 알려져 사소한 것도 해결 못 하는 무능한 간부가 될까 봐 최대한 긍정적으로 답변을 하고 해당 민원인을 돌려보낸다. 그런 후 담당자에게 해당 업무에 대해 방법을 찾아보라고 하고 친절하게 대응하지 못한 점에 대하여 꼬집는다. 법 적용과 불친절이 무슨 관계란 말인가? 친절이란 단어가 참 주관적이다. 원하는 것이 이루어지면 친절한 거고 법에 걸려 안 되면 불친절한 사람이 된다.

과거 기초자치단체에 근무할 때 전통시장 재개발·재건축 업무를 담당한 적이 있다. 2005년 특별법 제정과 함께 지자체마다 관련 조례를 제정하고 오래된 전통시장에 대하여 도시계획상의 건축 허가 면적을 상향하여 재건축이 가능하도록 하였다. 해당 법규로 인해 대구의 강남이라는 불리던 수성구 전통시장에 재개발·재건축 추진 붐이 인 적이 있다.

2004년 신천시장 재개발·재건축 추진위원회가 승인되었고, 규모가 작은 인접한 시장들은 연대해서 추진위원회를 설립하였는데 그것이 수성-동성-태백시장 재개발·재건축 추진위원회이다. 해당 시장의 경우는 도넛처럼 도로를 접한 점포는 영업도 잘되고 매매가도 높은 데 비해 시장 안쪽은 손님이 들어가지 않아 빈 점포로 가득했다. 그러다 보니 도넛의 중심인 시장 안쪽에 점포를 둔 상인들을 중심으로 재개발·재건축 의지가 높았으며, 진행 과정에서 영업이 잘되는 도로변 점포 소유주와의 갈등을 불러왔다. 도로변 점포주들은 시장 안쪽에 위치한 점포주를 중심으로 사업이 진행되는 데 불만이 많았다.

그중 추진위원회 위원으로 참여하지 못한 도로가에 점포를 둔 시장조합원이 모든 추진위 활동 과정에 대한 반대와 의문을 관할 기초지자체에 제기하면서 하루도 조용히 넘어가는 날이 없었다. 그는 문을 열고 들어올 때부터 추진위원회에 뭐를 받아먹었냐며 고함을 지르며 나타났으며, 성에 안 찬다며 담당 부서를 나가 구청장실로 뛰어들어가곤 했다. 또한 지자체를 넘어 국민고충위원회, 당시는 중기청, 기획재정부, 국회의원 및 청와대까지 수많은 민원을 반복하여 제기해서 정상적인 업무 처리가 어렵도록 만들었다. 일은 진행이 안 되고, 추진위와 반대파가 번갈아 구청을 오고 가며 담당자와 부서장에게 고함을 지르고 막말을 해도 해당 민원인을 공무집행방해 등의 사유로 제지할 수가 없었다. 한번은 담당 부처인 중소기업청(지금의 중소기업벤처부) 담당 사무관이 전화로 "수성구 때문에 업무를 할 수가 없어요. 여기 민원의 70퍼센트가 거기서 온 거예요" 하고 하소연을 했다.

그렇게 2003년 하반기부터 시작된 전통시장 재개발·재건축 추진 광풍은 그 후로도 한동안 지속되었고, 2005년 시청으로 전입하면서 나는 해당 업무에서 손을 떼게 되었다. 그러다가 몇 년 전 수성-동성-태백시장은 재건축조합 내부 갈등으로 인해 결국 설립인가가 취소되었다는 소식을 해당 구청 담당자를 통해 들었다. 반면에 신천시장 재건축 사업은 2018년 분양 완료하고 2021년 3월 도심 속 원스톱 복합상가로 17년 만에 완공되었다.

"공무원이 뭐 한다고 바빠?"

같은 공무원끼리만 소통하면 세상을 보는 시각이 협소해지는 것 같아 일부러라도 공통 관심사나 취미 중심인 일반 커뮤니티에 들어가 사람들과 어울리는 것을 선호한다. 내가 퍼블릭 스피치 실천 공동체인 '토스트마스터즈' 회원으로 활동할 때이다. 주로 수도권 중심으로 스피치 대회를 개최하다가 한번은 대구에서 하게 되었다. 우리 모임의 리더는 유치원 원장으로 전국에서 100여 명이 넘는 사람들이 참여하는 행사를 개최한 경험이 없어 행사를 주관하면서 많은 부담을 느꼈고, 중·소 규모 국내 행사부터 대형 국제 행사까지 두루 경험한 나에게 많이 의존했다. 나 또한 대구에서 열리는 전국 행사에 참가하는 토스트마스터즈 멤버들에게 대구에 대한 좋은 이미지를 만들어 주기 위해서 최고의 장소를 대관하고, 행사에 필요한 각종 시설, 음향 장치에 대한 사전 교육까지 받으며 열심히 준비했다.

그러나 당시는 11월로 특히 국 전체 업무를 총괄하는 국 주무로 근무하던 때라 내년도 업무 계획을 새로 수립하고 지방의회 업무 보고 및 행정감사, 금년도 주요 업무 마무리, 지방정부로서 가장 중요한 신규 국비 사업 확보 등으로 매일같이 야근에 주말 근무를 하며, 초과근무 인정 시간 한도를 초과하며 근무하던 때였다.

한번은 매주 토요일에 하는 대구 행사 준비 회의에 부득불 불참하게 되었다. 그리고 다음 모임에 참여하니 리더가 묻는다. "공무원이 뭐한다고 바빠? 땡 하면 퇴근하는 거 아냐?" 그녀의 질문에 "내년도 업무 계획도 수립해야 하고 국비 설명 자료도 보강해야 하고…"하며 설명하는데, 그녀의 눈동자가 "이 사람이 지금 무슨 외계어를 하는 건가?"라고 하는 것 같았다. 그런 얼굴을 보면서 "아, 내가 설명한들 이해할 수 없겠구나" 하는 생각이 들어 말을 그치고 말았다.

공무원은 페이퍼만 잘 만든다?

시중에는 멋진 보고서 작성법에 대한 책들이 넘쳐난다. 그만큼 직장인에게 보고서는 업무 능력을 평가받는 중요 지표 중의 하나로 논리적 흐름을 통한 핵심 파악이 잘된 보고서는 성공적 직장 생활을 위한 필수 능력이다. 공무원은 모든 것을 문서로 말하는 만큼 공직을 시작하고 주요 보직을 받기 위해서 명쾌한 보고서 작성은 필수 불가결의 요소이다. 수직적 조직 문화 속에서 잘 만든 보고서 하나로 윗사람에게 인정받는 기회도 되기에 보고서를 간결하고 체계적으로 가독성 있게 작성하는 것은 무엇보다 중요하다.

보고서에는 그때그때 이슈에 따라 빠르고 정확하게 작성해야 하는 것도 있고, 수백 페이지에 이르는 연구 보고서 등을 단 1~2페이지로 핵심만 뽑아 정리해야 하는 것도 있다. 그렇게 각종 보고서와 계획서를 몇 년간, 몇십 년간 만들다 보면 어느덧 문서의 달인이 되어 있다. 잘 만든 보고서를 보면 사람들은 그런다. "역시 공무원이야. 문서 하나는 기차게 만드네." 칭찬인지 욕인지 모를 말들이다. 그러나 문서를 잘 만드는 것은 능력이고 평가절하될 일도 아니다.

영화 〈나는 공무원이다〉에서 구청 환경보호과 7급 9호봉의 윤제문은 직장인으로서의 공무원 생활에 대한 만족도 200퍼센트인 사람이다. 그가 영화 도입부에서 이렇게 말한다. "공무원 보고서는 내용보다 모양인데, 내가 좀 한다." 이 말을 나도 완전히 부정하지는 못하겠다. 공직에 들어오면 나를 내세울 것이 몇 개 되지 않는다. 한때는 외국어 능력을 갖추면 근무평정에서 가산점도 부여되고 다른 동료들도 부러워했는데, 공무원훈련법이 개정되면서 2022년부터 없어질 예정이다. 이제 남아 있는 것은 사회복지사 자격증이다. 이도 관련 부서에 근무해야만 해당이 된다. 남은 가산점 대상은 행정 우수 사례 등 기관장 방침으로 정해진 몇몇 사업들이다. 국비를 얼마나 확보하였나, 자치단체장 공약 등 대형 사업을 하고 있나 등 개인 역량 개발을 통한 시정 기여를 간접적으로 기대하기보다는 직접 기여를 얼마나 했나로 근무평가 기준이 바뀌고 있다. 개개인에 대한 평가 기준이 변화하는 요즘에도 보고서와 기획서 작성 능력의 중요성은 변함이 없다. 시의적절한 내용을 객관적인 자료를 바탕으로 간결하고 이해하기 쉽게 작성한 보고서는 공무원의 예나 지금이나 변함없는 핵심 능력임에 틀림없다.

"주임님, 저는 이 공무원증이 자랑스러워요"

최근 행정안전부에서 발간한 책자 『90년생 공무원이 왔다』를 읽으면서 피식 웃은 부분이 있다. 공직에 들어온 지

얼마 안 되는 새내기가 선배 공무원과 출장을 가면서 자랑스럽게 공무원증을 목에 걸고 나가자 선배 공무원이 그 모습을 보고 하는 말이 "뭐야, 부끄럽게 증을 달고 왔어?"'하자 "왜요, 주임님. 저는 이게 자랑스러운데요?" 했다는 부분에서이다.

언제부터 공무원증을 걸고 다니는 것을 불편하게 여기기 시작했을까? 오래되어서 기억도 나지 않는다. 이렇듯 선배와 후배 공무원 간의 온도 차가 있는 플라스틱 공무원증이 지난해 말부터 인사혁신처를 비롯한 정부 부처를 시작으로 모바일 공무원증으로 대체 중이다. 모바일 신분증의 안전성과 편의성을 검증하기 위한 시험 무대로, 향후 모바일 운전면허증 등 전 국민 대상 모바일 신분증 도입을 위한 첫 관문이라고 정부는 밝히고 있다.

이런 변화에 대해 공직을 막 시작하는 분들은 아쉬워하는 면도 있다고 한다. 결국은 자신의 사진이 담긴 공무원증을 갖기 위해 오랜 준비와 치열한 경쟁률을 뚫고 공무원이 되는 것이기에. 임용고시를 통과하고 나면 가족과 주변 사람들의 축하와 부러움의 대상이 되면서 자신을 대견하다고 느끼게 된다. 최고는 아니더라도 최선의 삶은 보장해 놨다는 생각도 든다. 무사히 시보 기간을 마치고 공무원증을 받으면서 "이제 진짜 공무원이구나" 하는 생각과 함께 막연하지만 공직자로서의 사명감도 들 것이다. 나도 그런 시절을 겪었으니까. 젊은 후배들이 커 나가는 것을 보면 옛 생각도 나고 그들의 밝은 얼굴을 보면서 기쁘기도 하고, 또한 올바른 공직자로 성장할 수 있는 조직 환경을 만들어야 한다는 선배로서의 의무감도 든다. 그들이 곧 우리 사회의 미래를 담당할 주역이기 때문이다.

"후배님들, 지금 그 맘 변하지 말고 항상 초심을 잃지 말아 줘요."

3부

'나'를 찾아가는 여행

'나'를 찾아가는 중입니다

어느 날 문득 글을 쓰고 싶다는 생각이 들었다. 하얀 백지를 꺼내 마음이 흐르는 대로 끄적거렸다. 생각의 끝에 다다를 즈음 쓰기를 멈추고 처음부터 쭉 읽어 보니 글이 거칠고 분노만 가득하다. 폭주하듯 휘갈긴 글을 통해 짜릿한 카타르시스를 느끼면서도 스스로가 너무 애처로웠다. 인생을 어떻게 살아왔기에 이쁜 생각보다 불평불만이 이렇게 많은 건가 하는 생각이 들었다. 동시에, 글을 쓴다는 것이 재밌고

나 자신을 위로하고 치유하는 힘이 있음을 깨달았다.

그러던 중 글쓰기 모임이 있다는 것을 알게 되었다. 일주일에 한 번씩 만나는 모임을 통해 아직은 낯선 글쓰기와 조금 친해지는 계기는 되었으나 글 쓰는 솜씨가 늘었던 것 같지는 않다. 성인이 되어 나만의 사고가 이미 고착되어 있어 자꾸 도돌이표를 반복하는 느낌이었다. 허나, 생각하는 것을 밖으로 끄집어내서 글로 표현하는 방법은 배운 것 같다. 그리고 나의 힐링을 위해 선택한 글쓰기라 하더라도 평소 사무실에서 보고서를 작성할 때 누구에게 보고할 것인가를 염두하고 작성하듯이, 어떤 말을 독자에게 하고 싶은지를 먼저 생각해야 한다는 것을 알게 되었다.

새삼 자본주의 사회 속에서 살고 있음을 깨달았다. 갑자기 빌보드 1위 래퍼이자 남녀 래퍼 통틀어 최고 인기를 누리고 있는 카디비가 힙합 경연 프로그램인 〈Rhythm and Flow〉에서 한 말이 떠오른다. "나는 음악 외에 가슴도 팔고 엉덩이도 팔고 내 모든 것을 판다. 당신은 대중에게 무엇을 팔 것인가? 대중은 왜 당신의 음악을 들어야 하는가?" 바닥에서부터 치열하게 살아남아 한 분야에서 최고를 찍은 사람은 자신만의 철학이 있다. 그녀도 그랬다.

돌이켜 보면 각자의 인생에는 이 세상에 갖고 태어난, 저마다 풀어야 할 숙제가 있는 것 같다. 그동안 남을 원망하고 하늘을 탓하며 할 수 있는 거라고는 '열심히 하는 것'밖에 없었던 내가 나이 오십이 넘어서야 비로소 세상에 대하여, 또 나에 대하여 조금씩 알아 가는 것 같다. 지금은 시간이 지날수록 점점 선명해진다. 내가 원하는 것이 무엇인지, 나의 마르지 않는 갈증은 어디에서 오는지, 그리고 무엇을 해야 하는지 말이다. 지금 나는 이렇게 '나'를 찾아가고 있다. 비록 지금까지의 나는 어리석었지만 이 글을 읽는, 나와 같은 고민을 겪고 있는 분들이 조금이라도 삶의 귀중함을 일찍 깨달아서 인생을 소모하는 시간을 단축할 수 있기를 바라며, 내 경험을 반추해 본다. 내 이야기를 팔아 본다.

아침을 먹지 못한 어느 날

고등학교 3학년의 어느 날, 자고 일어나니 나의 인생이 180도 변해 있었다. 늘 아침밥을 차려 주던 엄마도 없고, 일찍 출근하던 아버지는 아직 안방에 계셨다. 고3이라 서둘러 학교를 가야 했던 나는 '이게 무슨 일이지?' 하면서 침묵하고 있는 아버지를 바라보았다. 아버지는 애써 태연한 척, 내 시선을 외면하며 "오늘은 아침을 못 먹을 것 같다. 그냥 학교부터 가라"고 말씀하셨다. 그날이 내가 아침을 못 먹은 첫날이다.

온통 푸르던 화천에서 남부러울 것 없던 어린 시절을 보내던 중 아버지의 전보 소식과 함께 '회색 도시' 대구로 내려왔던 그날, 나의 인생은 지금까지와는 다르게 전개될 것임이 예견된 건지도 모르겠다. 여전히 철이 덜 든 나는 자주 큰소리를 내며 다투는 부모님을 보며 두렵기도 했지만 그래도 학교는 잘 다니며 상위권의 성적을 유지하고 있었고 친구들과의 관계도 좋았다. 그때까지만 해도 아직 어렸고 세상에 대해서 몰랐으니 당연한 일이었다. 하지만 나의 인생을 완전히 바꿔 버린 그날의 침묵과 무거운 고요함은 달랐다. 목이 타올랐고 헛기침조차도 하기 어려웠다.

고3 때 시작된 아버지의 이혼과 재혼은 내 나이 마흔이 될 때까지 반복되었다. 나는 아버지의 새 가정을 위해 내가 버는 돈을 십수년 동안 고스란히 바쳤지만 아버지의 행복도 찾아줄 수 없었고, 내 가정도 나 스스로도 보호하지 못했다. 우리는 망망대해 위의 한 배에 탄 것처럼 함께 망하고 있었다. 천륜으로 맺어진 가족이라는 관계에서 벗어나려는 생각을 못 했기에, 주어진 상황에 나 자신을 무기력하게 던지고는 절망하고 세상을 원망만 했다.

지금 돌이켜 보면 독립할 수 있었던 순간들이 여러 번 있었다. 가족이 아니었다면 나를 힘들게만 하는 환경에서 빠져나오려는 이기적인 결정을 하는 게 더 쉬웠으리라. 내가 속한 곳이 나를 힘들게만 한다면, 머무를수록 더 다치게 되고 더 자신감을 잃게 되고 더 벗어나기 어렵게 된다. 좀 더 빨리 이기적이어야 했다. 더 일찍 현실을 깨닫고 삶에 대한 지혜를 빨리 터득했어야 했다. 이제는 알 것 같다. 만약 지금 둘러싼 환경이 좋지 않다면 최대한 빨리 탈출하여야 한다.

세상의 편견에 갇힌 나의 가치

이혼은 아버지에게 최대의 오점이었다. 내가 대학 실패로 인한 좌절감과 아버지의 재혼에 대한 부끄러움으로 친구들과의 연락을 끊어 버린 것과 같이, 아버지도 이혼 후 일 년도 안 되어 다시 결혼하면서 새 출발을 위해 거주지도 옮기고 친한 친구들과도 연락을 끊으며 자신을 과거로부터 단절시켰다. 그리곤 말씀하셨다. 비록 어쩔 수 없이 새로 가정을 꾸려야 했지만 기필코 잘 살아서 친구들 앞에 당당하게 다시 설 거라고. 그래서 아버지는 새어머니에게 '올인'했다. 집안 모든 수입과 재정적 권한을 그에게 맡겼다. 가부장적인 문화에서 자라난 아버지로서는 살림살이는 여자가 하는 것이 당연했고 본인의 모든 것을 던져야 그녀도 우리 가정을 위해 최선을 다할 것이라 생각했다. 그러나 구멍 난 항아리 같았던 그녀에게 지역 중견기업 서열 3위의 월급은 어느덧 쥐꼬리가 되어 있었고 내가 대학을 가게 되면 발생할 추가적 비용 지출을 못마땅해 했다. 원하는 대학을 가기 위해서 재수를 결정한 것이 결국 내 발목을 잡는 일이 되어 버렸다.

대학을 가도 입학금을 집에서 받을 수 있다는 장담도 없었다. 그렇다고 아무것도 안 하고 있을 수 없었던 나는 절망감과 간절함으로 도서관에서 혼자 공부하며 하루하루를 보내고 있었다. 그러던 중 11월을 맞이하였고 때마침 공고가 난 공무원 시험과 대입 시험을 모두 합격하면서 아버지로부터 재정적 지원을 기대하지 않고도 대학 입학금은 물론 내 한 몸 건사할 수 있게 되었다.

그렇게 힘들게 나를 남들이 '정상적인 삶'이라고 정의하는 범주 안에 끼워 넣으려고 했으나, 나는 이미 그전과는 다른 사람이 되어 있었다. 아버지의 재혼은 출가할 딸에게는 커다란 결함이므로 감춰야 하는 것이었고, 직장 동료들에게 나는 고졸의 불쌍한 고학생이 되어 있었다. 지금까지 내가 어떻게 살아왔는지는 한순간에 다 사라지고, 세상이 가진 편견의 틀에 갇힌 초라한 현재의 모습만이 나에게 남았다. 나의 자존감은 급격히 바닥을 치고 매일 눈뜨고 아침을 맞는 것이 고통스러웠다. 출근하는 것이 괴롭고 학교는 더더욱 가기 싫었다. 혹시라도 아는 동기를 만날까 봐 고개를 푹 숙이고 땅을 보고 걸었다. 당연히 대인 관계도 연애도 힘들었다. 더 잘못된 것은 현실 도피를 위한 방안으로 결혼을 선택한 것이다. 그렇게 나는, 편견을 가진 주변이 나의 가치를 평가절하하는 것을 속수무책으로 바라만 보고 있었다.

행복하기 위하여

아버지를 원망했고 나를 버린 생모를 기억에서 도려내었으며 새어머니를 미워하고 무서워했다. 내가 도망친 곳은 '결혼'이었다. 다행히 남편은 좋은 사람이었다. 그렇게 아이를 낳고 키워 지금 둘 다 성인이 되었다. 어려운 상황 속에서도 착하고 이쁘게 자라난 두 녀석이 고맙고, 표현 서툰 엄마이지만 가슴 아프게 사랑한다.

깨달음은 어느 한순간 오는가 보다. 돈오頓悟. 불가에서 완전한 깨달음은 단박에 온다고 하였다. 이것은 마치 흔들어 놓은 콜라 병의 뚜껑을 따면 한번에 모든 것이 쏟아져 나오는 것과 같다. 아이들을 키워서 타 지역으로 떠나보내고 혼자 남으니 나를 돌아볼 여유가 생겨났다. 그동안 묵은 체증처럼 들고 있던 "어떻게 살아야 할 것인가" 하는 커다란 물음표를 마주하며 깨우친 바다. 사람들은 이제 편하게 살지 뭘 자꾸 배우고 공부하냐고 한다. 그러나 내가 계속 배우려 하는 것은 내 삶의 변화를 원하기 때문이다. 그리고 그 끝은 언제나 행복하기 위해서다. 나는 변화를 원한다. 그렇다면 나 스스로 먼저 그 변화가 되어 진짜 나로 돌아가야 한다. 내가 스스로 결정한 것이 아닌, 누군가가 만들어 놓은 틀에서 벗어나겠다. 그러기 위해서 나의 한계를 잡고 있는 과거로부터 시작된 인연과 환경을 끊어야 한다. 깨달음과 깨우침이 없다면 사람은 성장 없이 어린아이 상태에 머무르게 된다. 깨우침은 실패를 통해 일어나고 그를 통해 형성된 절실함으로 변화를 이루게 된다. 욕망과 두려움, 그것을 넘어서는 것이 깨달음이다. 내가 깨달음이 있다면 나를 교정하면 되는 것이지, 타인을 교정할 필요는 없다. 깨달음은 번뇌의 끝이다. 끝내기 위해서 행동하여야 한다.

사람은 믿는 대로 이루어진다. 자기 능력을 부정하거나 한계를 정해 버리면 그 이상을 이뤄낼 수 없다. 부모의 이혼이 내가 지은 죄도 아닌데 당당하지 못할 이유가 없다. 아직 인생이 구만리인데 살아가는 도중에 조금 삐끗했다고 하여 세상이 끝나는 것도 아니다. 실패는 '도전을 통한 배움'의 다른 말이다. 하나 더 배운 것이고 삶의 지혜는 당신에게 체화될 것이다. 인생에는 정답이 없고 누구나 한 번의 기회만 있다. 그도 나도 다 처음 사는 인생이다. 그러므로 내가 내리지 못한 정의를 남이 대신 정의할 수 없다. 누구나 자신의 인생을 감당하기만도 바쁜 몸이다. 아는 만큼 보이고 경험하는 만큼 깨우칠 수 있다. 용기만 있다면, 긍정적인 사고만 있다면 언제든 다시 일어날 수 있다. 당신이 되고 싶은 것이 무엇이든지 간에 이루어질 것이다. 궁금하지 않은가? 자신이 얼마나 발전해 나갈 수 있는 존재인지.

나의 콤플렉스

누구나 콤플렉스가 하나씩은 있다. 평소에는 내면 깊숙이 잘 숨겨 두었다가도 다급한 순간이 오면 자신도 모르게 밖으로 표출하게 된다. 콤플렉스의 출현은 그간 공들였던 관계를 무너뜨리는 결정적 역할을 하기도 하는데, 어쩌면 남의 일에 관심 없는 그들의 눈치를 너무 보았던 '나' 자신이 콤플렉스로부터 자유로워지는 데 가장 큰 방해 요소가 아닌가 생각해 본다.

주변에 내 나이 또래의 여성 공무원들을 보면 대학을 졸업하고 공무원 시험을 패스해서 들어오는 경우가 대다수이다. 그와 함께, 가정 사정 등으로 인해 남들보다 일찍 공직에 들어온 소수의 케이스가 있는데, 그들은 학창시절에 공부를 못했던 것도 아니다 보니 직장 내 학력에 따른 평가절하가 두려워 '악바리'가 되는 경우가 많다. 그러나 치열하게 경쟁하고 항상 최근 정보를 꿰고 있으면서 상황에 맞춘 빠른 전환이 가능한 능력이 있으면서도 여전히 학력 콤플렉스에서 빠져나오지 못하는 이들이 있어 안타깝다.

최연소로 서울시 7급 공무원에 합격하였으나 2021년 2월 극단적인 선택을 한 것으로 알려진 스물두 살 김규현 주무관의 인스타그램에는 부모님의 이혼으로 인해 불우했던 어린 시절, 적응하지 못했던 학창 시절의 방황과 열등감 등에 대하여 언급되어 있었다. 그녀를 보면서 그녀 나이보다 어렸던 나를 떠올렸다. 만약 아버지가 일 년만이라도 늦게 재혼을 하셨더라면 내가 좀 더 평범한 삶을 살 수 있지는 않았을까.

학력 콤플렉스가 생긴 것은 그때였다. 원하지 않던 대학을 다녀야 했고, 남들처럼 대학 생활을 누릴 수 없었다. 부끄러웠다. 고등학교 때 공부 잘한 것은 아무 의미도 없었다. 그건 과거이고 지금은 현실이다. 당연히 학교를 빠지게 되고 최소 출석 일수만 맞추었고 성적 또한 엉망이었다. 그래도 괜찮았다. 나는 졸업만 하면 되었고 학사 학위만 있으면 된다고 생각했다. 지금 돌이켜 생각해 보면 짧은 생각이었다.

졸업 후에도 콤플렉스는 없어지지 않았다. 직장에서 나는 남들과 다르게 경력을 시작한 사람이었다. 아니, 나 스스로 그런 생각을 떨쳐 버릴 수가 없었다.

민원실과 세무과 등 대민 행정 부서로 계속 인사 발령이 났다. 남자 직원이 대부분인 1990년대 초반, 여자들은 시민 접점에서 일하는 것이 당연하였기에 나 또한 당연하다는 듯이 받아들였다. 그러나 남녀 구분 채용이 없어지고 점점 여성 공무원의 숫자가 늘어나면서 민원이나 지원 부서가 아닌 사업 부서에까지 여성들이 진출하였고, 나도 좀 더 비중 있는 업무를 하고 싶었다.

2003년 운 좋게도 행정직 여성으로는 유일하게 한 부서(산업경제과)의 주무를 맡게 되었다. 주무를 시키기 위해 데려온 남자 직원이 있었으나, 당시 전국 최초로 추진하는 반려견 페스티벌 추진을 담당하도록 하기 위해 그를 해당 팀으로 발령을 내면서 내가 그의 빈자리를 채우게 된 것이다. 해당 과는 행정직이 대다수인 여타 부서와는 달리 부서 업무 전체를 챙겨야 할 주무, 서무 등으로 소수였고, 사업 단위의 기술직렬(화공, 환경, 기계, 전기, 농업, 축산 등)들로 구성되어 있었다. 출산휴가로 인한 행정직의 공석까지 있는 상태였다. 여러모로 주무, 서무 겸 출산휴가를 들어간 직원의 업무까지 맡아 줄 다목적 기능을 할 나를 선택한 것이었다.

그러던 중 시장 부지에 대규모 점포를 포함한 주상복합건

물을 건축할 수 있도록 한 '재래시장 활성화를 위한 특별법'이 국회를 통화하면서 두 건의 재래시장 재개발 추진과 한 건의 시장 현대화 사업이 연이어 우리 지역에서 추진되었다. 그렇게 재래시장 재개발·재건축 사업이 한강 이남에서는 제일 활발하게 우리 지역에서 일어나면서, 전통시장 담당자이기도 했던 나는 '일 폭탄'을 만났다. 매일 야근에 주말 근무에도 불구하고 뭔가 중요한 일을 하고 있다는 생각에 힘든 줄 모르고 일을 즐겼다. 2004년 신천시장재개발추진위원회 승인 접수를 시작한 때부터 광역시로 전보될 때까지 임시로 앉은 주무 자리를 3년 동안 지켰다.

그러는 사이 나에게는 업무를 보는 눈이 생겼다. 시청으로 전입하니 '공무 국외 훈련'이라는 제도가 있다는 것도 알게 되었다. 개인적인 욕심도 생겼다. 내 콤플렉스인 학력을 높이고 싶었다. 제대로 공부하지 못한 대학 시절에 대한 후회와 함께 나이 사십에 미국 유학을 결정하였고, 열심히 공부해서 석사를 마쳤다.

그래서 나의 콤플렉스가 없어졌을까? 아니, 나는 지금도 거북이 걸음으로 극복 중이다. 최근에는 석사 졸업한 지 9년 만에 다시 박사 과정을 등록하였다. 영문학사에서 경영학 석사를 거쳐 지금은 무역학 박사 과정으로 학문의 경계를 넘나들고 있다. 덕분에 공부할 과목은 늘었지만 요즘 들어 공부가 재미있다. 다양한 방면에 대한 학문적 호기심은 직장에서 맡은 일에 대한 전문성을 높이는 역할도 하고 있다. 두 차례의 메이저급 국제 행사를 치루고 미래산업육성 총괄 업무를 5년 동안 하면서 업무 역량도 강화되었다. 콤플렉스를 극복하고자 시작했던 것이 지금은 나를 발전시키는 끊임없는 동기 부여가 되고 있다. 지금도 완전히 극복하지는 못했지만, 콤플렉스를 더 나은 나를 만들기 위한 동력으로 만들어 다른 사람들과의 차별화를 이루었다고 본다. 물론 우리 조직에서 업무 능력과 승진은 별개이지만 말이다.

내 삶의 주인으로
살기 위하여

　우리집은 직업 군인이던 아버지를 따라 자주 이사를 하였
는데 초등학교만 일곱 번을 전학하였다. 2학년 어느 날이었
다. 잠깐 살던 대구에서 강원도로 전학 가던 날이 마침 중간
고사 날이라 바로 배정된 교실로 가서 시험을 쳐야 했던 황
당한 일도 있었다. 산골에서 자라 시커먼 얼굴의 급우들은
뽀얀 얼굴의, 옷은 브랜드 아니면 의상실에서 맞춰 입던 나
를 신기해 했다. 쉬는 시간이면 우르르 몰려와서 이것저것
물어보며 방긋방긋 웃는 까만 얼굴들을 보면서 '얼굴이 어
쩜 이렇게 까만 걸까?' 생각했는데, 하얀 콧물 자국이 입술

위에 묻어 있는 것을 보면서 새로 입은 내 옷에 묻을까 봐 당황하기도 했다.

수업이 끝나면 화천 시내를 통과해서 산 중턱에 있는 장교 관사로 올라가는 삼거리까지 걸어왔는데, 그 모퉁이에는 구멍가게가 있었다. 거기서 나는 제일 좋아하던 부라보콘을 사서 가게 앞 평상에서 핥아 먹고 있다가 올라가는 지프차를 세워 집에 가곤 했는데, 항상 거기까지 같이 걸어오던 친구가 있었다. 그 친구는 내가 가게에서 부라보콘을 사 먹는 것을 아무 말 없이 바라만 봤는데 나는 그 친구가 돈이 없어서 하드를 못 사 먹는다고 생각하지 못했다. 당시 부라보콘은 짜장면 한 그릇과 비슷한 가격이었다. 그 돈이면 하드나 쭈쭈바를 여러 개 살 수 있었다. 그랬더라면 그 친구와 같이 나눠 먹을 수도 있었을 텐데, 나는 그 친구가 나를 왜 그렇게 물끄러미 쳐다보는지 몰랐다.

어려서부터 키도 크고 용모도 단정한 편이어서 이런저런 활동을 많이 했다. 걸스카웃으로 오랫동안 활동했는데, 1980년 강원도에서 열린 전국소년체육대회의 피켓걸을 하기도 했다. 학교 밴드부 활동도 했다. 그때 나는 베이스 리코더를 연주하였다. 베이스 리코더를 맡게 된 데에는 별 다른 이유가 없었다. 음악 선생님이 나를 보더니 "넌 키가 크니까 베이스 리코더 하면 되겠네. 이런 건 키 큰 사람이 해야 멋있어" 하는 말씀 한마디에 그냥 그렇게 정해졌다.

"경란아, 너는 그림을 그려야 해. 너는 그림을 보는 눈을 가지고 있어. 지금부터라도 일 년 바싹 해서 ○○대학이나 ○○대학 미대 가 보는 건 어때?" 고등학교 시절 미술 선생님이 하셨던 말이다. 그때 나는 그림에 소질 있다는 선생님의 칭찬에 기분이 좋으면서도 나빴다. '아니, 선생님은 내가 공부 못하는 아이로 보이는 모양이지? 갑자기 무슨 미대를 가래?' 하고 생각했다. 그러고는 대답했다. "아뇨, 저는 공부로 대학 갈 거예요."

나는 왜 그림을 그리라는 선생님의 권유에 기분이 나빴던 걸까? 어릴 적 내 생각은 곧 부모님의 생각이었다. 화가가 되려면 돈은 돈대로 쓰고 나중에 자기 밥벌이도 못 하게 된다는 그 당시로는 보편적인 생각을 두 분은 가지고 있었고 그것은 내 머릿속에 편견으로 자리 잡고 있었다. 공부로 대학 못 가는 학생들이나 그림이나 음악으로 대학 가는 거라고 하셨던 두 분의 잘못된 생각을 가감 없이 수용한 자기 주관 없는 철부지였다.

나는 왜 주위의 의견에 휩쓸려 내 삶의 중심을 세우지 못하고 이리저리 흔들리며 살아온 것일까. 성인이라면 갖추어야 할 분별력과 주관을 가지고 객관적인 판단과 선택을 할 줄 알아야 하는데, 부모님이 말하는 대로, 주위 어른들이 말하는 대로 그것을 옳다고 의심 없이 믿으며 내 삶에 대한 주도권을 가지려는 생각을 하지 못한 채 오랜 시간을 낭비한 것 같다. 직장을 선택할 때도 그랬고 연애할 때도 그랬고 결혼할 때도 그랬다. 꿈이 없었고 뭘 해야 할지도 몰랐다. 그냥 주변의 기대에 맞추고 살았고 그들의 칭찬을 받으면서 나도 기뻤다. 하고 싶은 것이 있다면 일단은 시도해 봐야 내게 맞는지 내가 원하는 것인지를 판단할 수 있는데, 해 본 것이 없으니 판단할 것도 없었다. '행복은 성적순'이라는 먼저 산 사람들의 말을 믿으며 시행착오를 두려워했다.

오십이 되어서야 드디어 내가 내 삶의 주인으로 살고 있지 않다는 것을 알게 되었다. 변화를 원하지만 경험이 부족하니 무엇을 원하는지를 여전히 알기 어려웠고, 지난날 내가 했던 잘못된 선택의 순간들을 되돌아보며 뒤늦은 후회를 하고 있다. 인간은 경험에 의한 학습을 통해 성장하고 다양한 실패와 성공을 통해 얻은 지혜로 생각과 마음을 확장하고 다양한 삶의 방식을 편견 없이 수용하게 된다.

이런 생각이 드니 마음이 바쁘다. 남들보다 늦었는지 모르겠지만 이제부터라도 부지런히 내가 하고 싶은 것들을 모두 해 봐야겠다고 다짐한다. 최소한 앞으로의 삶은 내가 주도할 수 있게 되었으니 어쩌면 다행이고 지금이 가장 빠른 때라고도 할 것이다.

"그래서 뭘 하려구?"라고 묻는다. "글쎄, 아직은 잘 모르겠으나 이것저것 그동안 못 해 본 것들을 하다 보면 길이 보이겠지" 하고 답을 했더니 "하하, 아직도 청춘이네. 집에 밥은

안 해 주고? 그래, 뭐 그렇게 하는 것도 한번쯤 해 볼 만하네"하고 대수롭지 않다는 듯 받아들인다. 그들은 나를 위해서 하는 말일까, 아니면 나의 기를 꺾어서 그들과 같은 필드에 남아 있기를 바라는 걸까. 관계에 집착하다 보면 관계를 유지하기 위해 나를 희생하게 된다. 그리고 끌려가게 된다. 내 옆에 공간을 만들어 새로운 인연을 만들고 새로운 환경을 조성할 수 있는 조건을 없애 버리는 결과가 된다. 잃어버릴 것을 두려워하는 것이 아니라 새로이 갖게 될 가능성에 집중해야 한다. 삶을 살아가는 데 주변 사람들의 조언은 그냥 참고하면 되고, 내 안의 목소리에 귀를 기울여야 한다. 행복이란 주관적인 것이기에 그 기준은 철저히 '나'이어야 하고 남의 기준에 나를 맞출 필요는 없다.

최근 퇴직 후 화가로, 작가로, 시인으로 제2의 커리어를 만들어 가며 아름답게 나이 들어 가는 시니어들을 볼 수 있다. 행복한 노년을 가꾸어 가는 그들을 보면서 머지않은 나의 노년은 어떤 모습일까 문득 궁금하다.

보디 프로필
도전기

"뭐? 사진 찍으러 오면서 제모를 안 했다고?"

사진작가가 황당해 한다. 알몸에 망사 보디슈트를 입고 신체 중요 부위를 가리느라 어정쩡하게 서 있는 나를 더 당황하게 하는 그의 말이다. "그럼 누드는 안 되겠다"라고 하며 카메라를 옆으로 치우자 나를 보조해 주기 위해 같이 온 지젤이 나선다. "엉덩이가 이쁘니까 뒷태 위주로 찍고, 앞면 찍을 때는 스카프 같은 걸로 거기만 가리고 찍으면 안 될까?" 한다. "그래? 그럼 저기 가서 서 보든지." 나는 후다다닥 그가 가리키는 하얀 벽면으로 둘러싸인 곳으로 갔고, 지젤은

"회원님, 벽을 보고 돌아서세요" 한다. 그러고는 이어서 "어깨를 펴고, 등 근육 힘껏 짜고. 옳지! 더 힘껏, 그렇지" 하고 주문이 들어온다. 나의 보디 프로필 촬영을 보기 위해 같이 온 미미는 저쪽 의자에 앉아서 눈을 동그랗게 뜨고는 말없이 나를 바라보고 있다.

"자, 이번에는 허리에 손을 얹고 오른쪽 발끝에 힘주어 허리를 확 꺾어 봐요." 나는 허리에 손을 얹었고 지젤은 "잠깐만" 하더니 내게 다가와 엉덩이에 오일을 타닥타닥 바른다. "자, 됐어. 이제 찍어"라고 하며 그녀가 뒤로 물러선다. 멋진 기록을 남기기 위해 배를 납작하게 만들고 등과 견갑에 힘을 주어 근육을 짜면서, 문득 웨딩 화보 외에는 전문 사진작가에게 사진을 찍어 본 적이 없다는 사실을 떠올린다.

아이 둘이 다 대학을 가고 직장 생활의 큰 숙제이던 사무관이 되고 보니 오십이 되었다. 돌아보면 백세 인생의 절반을 남을 위해, 남이 '좋다'라고 말하는 것을 따라 살아왔다. 내 인생이 주인 잘못 만나 피지도 못하고 아깝게 사그라지고 있다는 생각이 든다. 무모한 도전 한번 해 본 적 없이 아버지의 영향력 밑에서 소모되었던 나의 청춘도 그러하다. 해보고 싶은 것이 있다면, 지금 당장 시작하지 않으면 나중에는 더 어려워지거나 어쩌면 영영 할 수 없을지도 모른다. 오늘이 가장 젊고 아름다운 순간이기 때문에 더 이상 늦출 여유는 없다.

건강한 몸은 새로운 모험을 위한 자산이다. 그래서 올 2월부터 'D-100 보디 프로필 챌린지'를 시작했다. 주 4~5회, 1회 두세 시간씩 땀을 쏟으며 나이 먹고 있음에 역행하고자 애를 썼다. 물론 매우 힘들었다. 왜 내 돈 내고 이렇게 고생을 하고 있나 싶었다. 트레이너는 옆에서 "한 번 더"를 외치기만 할 뿐이고, 정작 할 일은 내가 다 하고 있는데.

다행히 체형과 근육량 등에서 타고난 부분이 있어 남들보다 조금은 수월하게 진행되었다. 그리고 마지막 정에 돌이 금이 가듯 어느 정도 노력이 쌓이면서 몸의 변화를 드디어 느낄 수 있었다. 그때부터이다. 거울에 비친 나를 보며 동작마다 움직이는 근육들과 도드라지기 시작하는 힘줄을 보면서 고통을 즐기게 된 것이. 짜릿하다.

"정말 열심히 하셨어요. 도전한 사람들의 3분의 2는 중도에 포기했는데 한번 한다고 마음먹으면 하고야 마는 그런 성격이신가 봐요. 이대로 꾸준히 해서 내년에 시니어 대회도 나가 보세요." 지젤은 다음 도전을 부추긴다. 바람 들기 좋은 사람한테 자꾸 바람을 집어넣는 그녀가 밉지 않다.

"체인지!"

사진작가가 다시 외친다. 지젤은 나와 같이 파우더실로 들어왔다. "이번에는 어떤 걸 입어 볼까요?" "이걸 한번 입어 볼까 해요"라며 검은색 비키니를 꺼냈다. "좋네요. 여기에는 블랙 롱부츠를 신어야 제격인데, 마침 제가 블랙과 브라운

두 개를 들고 왔으니 맞는 게 있나 신어 봐요."

　나는 키가 커서 발도 크다. 260밀리미터인데 기성 여성화는 255밀리미터까지만 나와 맞춤 신발을 하지 않으면 작은 신발에 발을 구겨 넣어야 했고, 아니면 운동화를 신어야 했다. 직장 생활을 하면서는 주로 단화를 신어야 했기에 디자인이 예쁜 것을 선택하다 보면 발이 쪼이는 불편함을 감수해야 했다. 그러다 보니 엄지발가락 뼈가 휘면서 무지외반증이 생겼다. 평생 낮은 굽만 신은 내가 무지외반증인 것도 신기한 일이다. 그녀가 가져온 부츠는 250밀리미터였지만 앞코가 길게 나온 디자인이라 가까스로 내 발이 들어간다. "됐다, 됐다!" 지젤이 신나서 외친다. 이번 의상은 약간 '센 언니' 컨셉이다. 과한 에스라인을 만들며 여성스러움을 강조했던 촬영에서 벗어나 진짜 나로 돌아간 것 같아서 카메라 앞에서 포즈를 잡는 것이 편했다.

　그리고 보면 오십이 넘은 나이에 오늘 처음 만난 낯선 남자 앞에서 옷을 홀러덩 벗고 보디 프로필이라는 이름으로 누드를 찍고 있다는 사실이 참 우습기도 하다. 어제까지만 해도 몸을 노출한다는 것에 대하여 걱정이 많았는데 오늘은 부끄러운 것도 없고 어떻게 근육을 쥐어짜야 그간 노력해서 만든 결과물을 잘 보일 수 있을까 하는 생각뿐이다. 생각보다 힘들다. 웨이트 리프트를 하는 것도 아닌데 뜨거운 조명 아래서 땀이 비 오듯 흐른다. "오케이! 다음 의상!"이라고 외치는 그의 목소리가 반갑다. 동시에 휴~ 소리를 내뱉으며 다시 파우더실로 들어갔다.

연이어 세 가지 컨셉으로 촬영을 마친 후 이번에는 혹시나 모를 작가 프로필 사진을 위해 정장으로 갈아입었다. 비키니 같은 천 쪼가리를 갈아입을 때와는 달리 긴팔의 정장은 땀 때문에 옷이 몸에 척척 감긴다. 머릿속은 "이제 다 되었다. 조금만 더 참자. 그러면 100일간의 대장정을 마치고, 그간 참아 왔던 자극적이고 기름지고 달디단 음식을 먹으러 달려가리라" 하는 생각뿐이다.

최근 중년 여성들의 보디 프로필 도전이 늘고 있다고 한다. 뭔가 변화를 원할 때 도전하기 쉽고 시각적으로도 효과적이다. 만약 지금 중년을 거치면서 삶에 의욕이 떨어지고 낮은 자존감으로 힘들거나 나이 들어가면서 외모에 대한 자신감을 잃고 있다면 '보디 프로필'에 도전해 보라고 권하고 싶다. "그 힘든 것을 어떻게 했어?"라고 말하는 사람도 있지만, 해 본 사람으로서 가장 쉬우면서 효과적인 가성비 최고의 활동이라 생각한다. 우리나라에서 성형은 남녀를 가리지 않고 많이 시행되고 있는데 지나친 외모지상주의는 문제이지만 적절한 수준으로 의학의 힘을 빌어 자신감을 얻을 수만 있다면 그것이 뭐가 문제이겠는가. 근육운동도 마찬가지이다. 이는 자신감 회복을 위해 성형보다도 더 효과적인 방법이라 할 것이다. 올해 대구·경북 보디빌딩대회에서 시니어 우승자가 마스터즈에서도 우승하는 것을 보았다. 사십 대 후반의 나이에 젊은 사람들보다 더 아름답고 건강한 보디라인을 갖고 있는 그녀를 보면서 무지막지했을 그의 노력에 감탄을 금할 수 없었다. 무엇이 그녀의 심장을 뜨겁게 만들었을까? 건강한 아름다움을 통해 당당한 자신감을 찾은 그녀의 모습은 이십 대, 삼십 대와 비교할 수 없게 너무 아름다웠다.

"수고하셨습니다."

드디어 끝이 났다. 모르면 용감해진다고, 다소 무식하게 시작한 나의 보디 프로필 도전기이지만 참으로 얻은 게 많다. 먼저 건강이다. 평소 운동을 싫어했던 내가 꾸준한 운동을 통해 만성적으로 고생하던 어깨와 요추 통증이 많이 좋아졌다. 근력 강화를 통해 얻은 바른 자세로 더 스타일시하게 변한 것은 덤이다. 그리고 운동을 하면 뇌 운동이 함께 되면서 멘탈이 강해진다고 한다. 그래서인지 좀 더 세상을 긍정적으로 바라보게 되고 사람을 상대할 때도 자신감이 넘치는 것을 느낄 수 있다. 내가 긍정적으로 바뀌면서 좋은 에너지를 발산하게 되니 사람들도 나를 매력적으로 바라봐 주고, 내 주변에 좋은 사람들이 하나둘씩 모이는 것 같다. 변화를 원한다면 공부를 하거나 주위 환경을 바꾸거나 외모에 변화를 주라는 말을 들은 적이 있다. 주위 환경은 바꿀 수 없었지만 박사 학위 도전을 통해 변화를 위한 공부를 시작하였고 다이어트와 운동으로 외모가 달라지니 만나는 사람들도 나를 특별하게 바라봐 준다. 운동을 통해 얻은 자신감으로 이제 남들의 시선이 두렵지가 않다. 옷을 입을 때도 평소에 입지 않던 스타일을 이전 같으면 남들이 어떻게 볼까 먼저 고민했다면 지금은 별다른 고민 없이 시도할 수 있다. 당당한 나, 자신감 넘치는 나, 사람들의 시선에서 자유로운 나, 그리고 건강하게 내 주장을 하는 나에게로 조금씩 가까워지고 있는 걸까.

인생은
재즈처럼

"와, 너무 좋다! 우리 늙어 할아버지 할머니 될 때까지 같이 이렇게 노래하자."

'대구재즈싱어즈' 부지휘자인 영우 선생님이 연습 도중에 외친 말이다. 대구재즈싱어즈는 대한민국 유일의 재즈 합창단으로 지방 도시인 대구에 있다. 사랑 따라 이역만리 타국인 대한민국, 그것도 대구에 정착한, 인터쿨투르Interkultur 예술감독이자 세계합창위원회World Choir Council 멤버이면서 대구 범어대성당 지휘자이기도 한 재즈 피아니스트 요한 로즈 Johan Rooze의 지도 아래 기존 클래식 방식의 발성이 아닌 유연한 발성과 다양한 보컬 테크닉을 통해서 가요부터 팝송까지 다양한 곡을 재즈로 연습하고 공연하는 모임이다.

인터쿨트르 재단은 세계합창올림픽인 세계합창대회 주관사로 독일에 있다. 세계합창대회는 2년마다 개최되는데, 60~90개국, 2만여 명이 56개 부문에 참가하는 세계 최대 규모의 합창대회이다. 2000년 오스트리아 린츠에서 첫 대회가 열린 뒤 2018년까지 총 10회 개최되었으며, 2020년 코로나 팬데믹으로 일 년 연기된 11회차 대회는 2021년 10월 30일부터 벨기에 플랜더스에서 열린다. 2022년 제12회 개최지는 강릉으로, 70개국에서 2만 5천여 명이 강릉을 찾을 것으로 전망한다.

처음 이 모임을 알게 된 것은 페이스북을 통해서이다. 인터넷 속에 나의 검색 데이터가 쌓이면서 취향에 맞는 정보들을 계속 추천해 주고 있는데 그중 하나인 대구재즈싱어즈는 보자마자 나를 위한 것이라는 걸 단박에 알아차릴 수 있었다. 언제나 그렇듯이 혼자서 씩씩하게, 그리고 동시에 살짝 졸면서(너무 젊은 사람들 위주이면 어떡하지 하는 노파심으로) 그곳으로 갔다.

"안녕하세요? 전화로 오늘 온다고 말씀드렸는데…"하고 말꼬리를 흐리며 들어가니 "안녕하세요, 반가워요!"하고 솔톤의 들뜬 목소리를 가진 삼십 대 중반의 숏 커트인 여성이 나를 맞는다. 그녀가 이끄는 대로 간단한 자기 소개를 하고 있는데 "재연아, 안녕" 하고 솔 톤의 그녀와 비슷한 나이 또래의 젊은 남자가 들어온다. 그러곤 이내 나를 발견하고 "아, 이분이 오늘 새로 오신다는 분이구나. 환영합니다!" 하고 반긴다. 그렇게 알게 된 사람이 영우이고, 그는 요한 지휘자가 부재시에는 부지휘자로서 전체 합창단을 이끌어 수업을 진행한다. 솔 톤의 재연은 우리 합창단을 대표하는 미성의 소프라노로서 무대 위에서 우리의 공연을 더 풍성하게 하고 대구재즈싱어즈를 빛나게 하는 간판 스타이다.

비록 자의로 찾아왔지만 익숙하지 않은 분위기와 낯선 사람들을 만나 인사하고 이야기를 나누면서 아직은 얼떨떨했다. 이어서 재연이 묻는다. "그럼, 노래할 때 파트는 어디를 하시겠어요?" "아, 저는 알토를 해야겠다고 생각했는데 제가 잘 따라할수 있을지 걱정도 되네요" 하니, "어머, 잘됐다. 안 그래도 알토 파트 할 사람이 부족했는데" 한다. "만약 추가 연습이 필요하면 30분 정도 일찍 나오세요. 저랑 같이 조금 연습했다가 수업 들어가면 금방 적응되실 거예요." 그렇게 그날 이후 나는 대구재즈싱어즈의 멤버가 되었다.

"장난으로 음악 하시는 거 아니죠?" 쑥스러움에 피싯거리면서 노래하는 나를 보고 재연이 피아노 반주를 하다 말고 하는 말이다. 순간 당황했다. 평소 나이를 따지는 타입은 아닌데 간혹 당황스러운 상황에 맞닥뜨리게 되면 별수 없이 나이를 따지게 된다. '아무리 개인적으로 시간을 내서 보컬과 발성을 가르쳐 주고 있다고 하지만 족히 나이가 열다섯 살은 많을 법한 내게 이렇듯 당돌하게 말해도 되는 건가?'라는 생각이 들었다. "쑥스러워서 그러는 거지, 대충하려는 생각은 하지 않았어요"라고 답하면서도 상한 기분을 다스리기는 힘들었다. 그렇다고 분위기를 싸늘하게 만들 수는 없어서 웃음기 빼고(기분이 상했으니 자연스럽게 없어졌다) 발성 연습을 십여 분 더 하고는 그날의 연습을 끝냈다. 그러고는 생각했다. 너무 오버하지 말자. 뭘 잘하려고 해? 연습이 부족하더라도 그냥 노래하는 것을 즐기자. 오래가려면.

우리의 레퍼토리는 다양하다. 대표적인 재즈 송으로 알려진 〈James〉(Pat Methany 작사·작곡), 〈Blue skies〉(Irving Berlin 작사·작곡)에서부터 내가 제일 좋아하는 밴드로스가 작곡한 〈Brand New Day〉(Everybody Shake, 뮤지컬 〈더 위즈〉 중에서), 그리고 지금 '빌보드 핫 100'에서 1, 2위를 점령하고 있는 BTS의 〈Dynamite〉까지. 정말 이렇게 다양한 레퍼토리들을 정신 없이 연습하다 보면 지루함을 느낄 틈이 없다. 그중에서 많은 재즈 곡들이 지휘자 요한 로즈가 편곡한 것이다. 편곡의 의도와 느낌이 무엇인지 편곡자에게 직접 배우는 우리는 얼마나 큰 행운인가. 천재적이고 위트가 넘치는 그의 지도법은 정말 독특하고 세심했다.

"안 돼, 안 돼. 그렇게 박자가 들어가면 안 되지. 재즈는 말야, 하나 둘 하나 둘 정직하게 들어가는 정박자가 아니야. 예측 불가능하고, 관객의 헛점을 찌르듯이 정박자에 노래가 시작될 것이라는 기대를 벗어나서 항상 엇박자에 들어가야 하는 거야. 관객과 게임을 즐겨야 한다구. 리듬을 느껴 봐. 리듬을 너의 온몸으로 느끼라고. 그러면 저절로 몸이 움직이게 될 거야."

"아냐, 아냐. 거기서는 한 박자 쉬고 다 같이 들어가는 게 중요해. 한 박자 쉴 때 의자에서 엉덩이를 떼. 그리고 내려앉으면서 들어가 봐. 그렇지. There you go~"

"워워워워~ 하면서 크레센도로 들어가는 이 부분에서는 고개를 아래에서부터 흔들어 위로 올리면서 워워워워워~킹 하고 들어가야 해. 그리고 최대한 우스꽝스러운 얼굴을 만들어서 관객들을 즐겁게 해 줘야 해"라고 하면서 직접 시연을 하는데, 그 모습이 너무 웃겨서 우리 모두 깔깔대며 넘어갔다. 그럴 때면 솔 톤의 재연이 세상 행복한 얼굴로 외친다. "싸랑해요, 요한!"

2019년 12월에는 대구문화예술회관에서 발표도 했다. 공연을 위해 처음 서 보는 무대는 짜릿했고 살아 있음을 느끼게 했다. 우리 콰이어 멤버들은 그날만큼은 프로페셔널해지기 위해서 충분한 연습과 리허설에 이어 재즈스러운 복장에 메이크업까지 모든 것이 완벽했다. '재즈스러운 복장'을 하라는 말에 "뭐가 재즈스러운 건데?" 하고 물으니 디자이너가 본업인 보람이 외쳤다. "최대한 살을 보이게 하는 거예요!"

공연을 통해 음악에 더욱 재미를 느끼던 중 코로나가 대구를 덮쳤다. 2020년 2월이었다. 결국 연습을 중단하고 무기한 대기에 들어갔다. 초기 발발시 대응을 잘해서 그해 하반기에 연습을 재개할 것이라는 기대에 차 있었는데 다시 2차, 3차 감염으로 이어지면서 우리 모두는 서로를 그리워했고 그건 요한도 마찬가지였다.

"I miss you guys so much. 우리 줌zoom으로 온라인 연습을 해 볼까?"

우리는 〈Somewhere Out There〉(James Ingram)라는 노래를 통해, 코로나로 인해 우리가 만나지 못하고 멀리 떨어져 있지만 세상 어디에 있든지 큰 하늘 아래에 같이 있다는 메시지를 전달하려고 했다. 우리는 열심히 노래 불렀고 동영상을 만들어 유튜브에 올렸다.

재즈는 흑인의 음악과 유럽의 음악이 결합하여 미국에서 생겨났다고 하는데, 즉흥 연주가 많다. 노예 상선을 타고 낯선 미대륙으로 끌려와 백인 농장주로부터 고통과 핍박을 받았던 흑인들이 자신을 치유하던 음악이기도 하다. 흑인 특유의 리듬감인 엇박자와 감성이 결합하면서 작곡자보다는 공연자, 연주자의 개성을 더 중요시한다. 그래서 재즈를 '불확실성과 불안정을 즐기는 예술'이라고 한다. 이러한 즉흥적이고 불확실성에 근거한 재즈를 합창한다고 하면 어쩌면 말에 어폐가 있을 수 있다. 오프 비트에 엇박을 즐기고, 강렬하고 클래시컬한 마무리 대신 '중요한 건 그게 아니야'라는 듯이 음을 가볍게 하늘로 날려 버리는 재즈 특유의 스윙감이 매우 중요하다. 또한 그 속에서 유머를 잃지 않아야 한다.

인생도 그러하다. 예측 가능한 삶이란 안정감이 있어 좋을 수도 있지만 나태하게 만들기 쉽다. 변화와 발전을 원한다면 한 스푼의 열정을 부을 용기가 필요하다. 우리 모두는 사는 동안 행복과 불행을 모두 경험하게 된다. 누구나 한 번 사는 인생이고 그렇기에 정답이 없으니, 너도 나도 남의 인생을 잘 살았다, 잘못 살았다 평가할 수 없다. 정답 없는 인생 속에서 이번 생애에 각자가 깨달은 가치 하나를 들고 스스로가 그 본보기가 되는 삶을 살며 긴 여정을 마무리해야 할 것이다. 안정 속에서 불확실성을 도모하고 예측 못 한 사건들을 인생의 또다른 재미로 즐기면서. 인생은 재즈이니까.

감염병 시대에
더 그리운 그들, 친구

취미를 위한 적정 나이가 있는 걸까

국어사전에서 친구란 "가깝게 오래 사귄 사람, '나이'가 비슷하거나 아래인 사람을 낮추거나 친근하게 이르는 말"로 정의되어 있고, 영영사전에서 friend는 "A person who you know well and who you like a lot, but who is usually not a member of your family"(당신을 잘 알고 매우 좋아하나 가족은 아닌 사람)을 말한다. 친구에 관한 뻔한 정의를 굳이 영영사전까지 들춰 가며 언급한 이유는 '나이'라는 대목 때문이다. 즉 우리 사전에 언급되어 있는 나이가 영영사전에는 없다는 거다.

미국에서의 2년간 유학 시절을 마치고 한국으로 돌아왔다. 조금만 더 체류했더라면 영어를 더 체화할 수 있었을 텐데, 라는 생각에 항상 영어에 대한 갈증은 숙제처럼 남아 있었다. 귀국 후 어느 정도 바쁜 일이 끝나자 주말에는 영어 커뮤니티를 찾아 돌아다녔다. 영어 모임은 많았다. 그러나 나의 레벨도 맞춰야 하고 토론 중심의 모임을 찾다 보니 선택지가 몇 개 남지 않았다. 문제는 모임마다 붙여 놓은 조건에 나이 제한이 있었다. 주로 20~30대 위주다. 마흔이 넘은 나이지만 서른아홉 살로 낮추고 모임을 찾았다.

신입 소개 시간에 직장인이고 결혼해서 아이가 둘 있고 영어 공부 계속하고 싶어서 왔다고 하니 다들 의아해 한다. "결혼한 아줌마가 여기 왜 왔데?"라는 표정으로 나를 쳐다 본다. 자유 토론을 할 때도, 소규모 그룹으로 나뉘어 토론할 때도 자꾸 대화에서 소외되는 느낌이 들었다. 아마도 주제에 대한 영어 토론보다는 싱글끼리의 연애가 주 관심사이다 보니 토론이 자꾸 삼천포로 빠졌다. 그리고 나에 비해 젊다는 그들의 생각이 참신하지도 흥미롭지도 않았다. 자연스럽게 모임을 나가지 않게 되었다. 그래서 생각했다. 취미 모임에서 적정 나이가 있는 건가.

토스트마스터즈, 식빵 굽는 모임은 아니고

친구 이야기에 '토스트마스터즈'를 빼놓을 수 없다. '토스트마스터즈 인터내셔널'은 1924년 미국에서 시작되어 143개 국가 36만 명의 회원들이 가입되어 있는 비영리 교육 단체이다. 청중 앞에서 말하기와 리더십 능력을 키우기 위한 교육 프로그램을 수행한다. 모임은 주로 영어로 진행된다. 대구에도 토스트마스터즈가 있다는 사실을 알고는 너무 신났다. 미국 시절에는 영어도 자신 없고 낯선 사람들과 어울리는 게 겁이 나서 가지 못한 모임이었다. 그룹장에게 주소를 묻고 찾아가서 가입을 하였다. 이 모임은 중장년층이 중심이 되어 이십 대부터 육십 대까지 다양한 연령층이 있었다. 다른 국내 모임들처럼 연령대를 한정해 놓지 않아서 특히나 좋았다. 모임은 Prepared speech(준비해서 말하기), Impromptu Speech(즉석 스피치)부터 Debate(토론)까지 스피킹 세션이 있고, 그날의 모든 발표와 참가자들의 스피킹에서 문법적 오류를 잡아내는 Grammarian, 각 역할에 대한 평가를 하는 Evaluator, 맨 마지막에 그날의 Toastmaster가 총평으로 마무리하는 평가 세션으로 나뉘어 진행된다. 나이와 성별 그리고 결혼 여부 등은 관심 없다. 그냥 각 주제에 대해 열정적으로 참여하고 서로의 의견을 나누면 된다.

모처럼 너무 재미있었다. 꾸준히 다녀야겠다는 생각을 했다. 그런데 어느 모임이나 그렇듯이 이 모임에도 잘 보여야 하는 사람이 있다. 처음 이 모임을 만든 원조 멤버가 그들이다. 토스트마스터즈 인터내셔널은 회비만 납부하면 누구나 가입 가능하지만 그 안에서 활동을 잘 하려면 중년의 아줌마가 중심 세력을 이루고 있는 이들에게 점수를 따야 했다.

사람이 모이면 그 안에 꼭 대장, 즉 리더가 있다. 소규모일 때는 조용한 모임도 규모가 커질수록 여러 문제가 발생한다. 어떠한 리더가 그 조직을 이끌어 가느냐에 따라 모임의 성패가 갈린다. 멤버들이 적극적으로 참여하고 좋은 시간을 보내며 긍정적인 에너지를 받아 가기도 하고, 반대로 사조직으로 변질되어 그 안에 끼리끼리 문화가 발생하고 갈등이 생기기도 한다. 결국은 친구란 오래된 인연을 말하듯이 서로 참고 존중하고 나를 조금 내려놓는 수밖에 없는 듯하다. 나이가 들수록 취미가 비슷해도 친구 만들기는 쉽지 않다는 사실을 절감한다.

스무 살 차이의 소울메이트, 로렌

로렌은 내 소울메이트이다. 코로나가 끝나면 가장 먼저 보고 싶은 친구이다. 그녀를 보고 있으면 또 다른 나를 대하고 있는 것처럼 쿵짝이 잘 맞는다. 이탈리아계 미국인인데 가족중심적이고 사람 좋아하는 것이 한국인 정서와도 비슷했다. 특히 로렌은 아이 둘을 데리고 홀로 미국에서 공부하고 있는 나를 안쓰럽게 여겨 자주 자기 집으로 초대해서는 "너는 손가락 하나 까딱하지 말고 푹 쉬고 있어. 너는 내 손님이고 이건 너를 위해 내가 준비한 거야"라고 말하며 계절별, 이벤트별(추수감사절과 성탄절 등)로 테마를 바꿔 가며 정성스럽게 대접해 주었다. 나는 고맙고 미안한 마음으로 그녀가 해 주는 음식을 맛있게 먹었다. 그녀는 내 어린 두 딸의 영어 선생님이기도 했다. 숫기가 없어 친구 사귀는데 어려움이 있던 아이들도 로렌에게만 오면 맘이 편해진 듯 보였다. 아이들은 여기저기 널브러져 게임도 하고 책도 보다가 잠이 오면 로렌 침대에서 곯아떨어지기도 했다.

우리는 수요일이면 뉴욕으로 마티니 공연을 보러 가곤 했다. 맥도날드에서 Breakfast Meal을 먹고 세 시간 반을 달려 센트럴파크 근처 하루 75달러 하는, 주변에 비해 값싼 주차장을 발견하고는 횡재라고 외치며 주차해 놓고 맨해튼 거리를 휘젓고 다녔다. 그런 로렌은 나보다 스무 살이 많은 아가씨였다. 그때로부터 십 년이 지났으니 지금은 일흔 살이 되었겠다. 항상 열정적이고, 호기심 많고, 내가 망설일 때마다 항상 옆에서 응원해주던 내 영혼의 동반자. 코로나가 끝나면 제일 먼저 보고 싶은 친구다.

나이 차이가 많아도 외국인과는 쉽게 친구가 되는 데 반해 한국인과는 왜 어려운 걸까? 장유유서라는 오랜 유교 사상 위에 일제강점기 이후 우리 사회에 고착된 군대 문화가 합쳐지면서 자리 잡은 독특한 문화가 주된 이유일 것이다. 유교는 사회 질서 유지를 위해 서열을 따졌다고는 해도, 실제 나이 차이가 친교의 장애물이 되지는 않았다. 예로 오성 이항복과 한음 이덕형은 다섯 살의 나이 차이에도 불구하고 막역한 사이였던 것은 널리 알려진 이야기이다. 같은 유교 문화권인 중국과 일본에서도 우리나라와 달리 나이에 대하여 자유로운 것을 보면 일제강점기 잔재와 남북이 대립하는 우리의 특수 상황이 이런 사회 문화를 낳았다고 할 수 있을 것이다.

나이와 성별에 넘어선 친구들

한국에 돌아와서 알게 된 소중한 모임도 있다. '브런치 레이디즈'Brunch ladies go Wild가 그것이다. 격주 일요일마다 브런치를 하는 모임인데, 매번 새로운 장소를 찾아가면서 식사도 하고 수다도 떠는 인터내셔널한 모임이다. 이 모임은 한국계 미국인인 그레이스가 만든 모임으로, 멤버들은 미군 부대 근무자이거나 미군인 남편 따라 한국에 온 부인이거나 지역에 체류하는 원어민 선생님, 해외 유학생 등이었다. 나도 유학을 하면서 외로웠던 시간들이 많았기에 그들이 타지에서 느낄 외로움이 십분 이해되었다. 개인적으로는 모임에 남자가 없다는 것이 좋았다. 전부터 여자들끼리 가볍게 수다 떠는 모임이 있었으면 좋겠다고 생각했는데 이 모임이 딱 그러했다. 대부분 외국인이다 보니 나이를 신경 쓰지 않아도 되었다. 아무도 내 나이를 궁금해 하지도 묻지도 않았다. 아쉬운 점은 내 영어가 좀 더 유창했으면 좋을 거라는 것. 그들의 오리지널한 발음과 말하는 속도를 내가 다 이해할 수는 없었다. 모임이 계속되면서 우리는 브런치만으로 만족할 수 없었다. 모두들 소주에 삼겹살을 좋아하는 친구들이었다. 그렇게 술도 한잔 하러 가는 날이면 그날의 모임을 'Brunch ladies go Wild'라 부르며 즐거워했고, 우리는 더욱 친해졌다.

종종 외국인과 친구를 맺는 게 편하다는 한국인을 본다. 그게 어떤 것인지 나는 잘 몰랐다. 내가 외국인과 친구가 되기 전까지. 그러니까 내 경험에 비추어 보면 이렇다. 우선 나이로부터 자유롭다. 그리고 남녀 간 친구라고 하면 친한 사이 이상으로 보는(성적 관계로 확장하기 일쑤인) 우리나라와 달리 문화적으로 관대하여 친구가 될 수 있다. 얼마 전 세상을 떠난 미국 민주주의의 살아있는 역사, 페미니즘의 선구자인 미국 연방법원 대법관 루스 베이더 긴즈버그의 가장 친한 친구는 연방대법관 중 가장 보수적이었던 안토닌 스칼리아였으며, 그들은 40년 넘도록 성별을 넘어 서로에게 가장 친한 친구였다. 또한 동일 문화권에서 생길 수 있는 일상의 편견이 그들에게는 없다. 다름을 다양성으로 인정한다. 반면 우리나라에선 편견을 촉발할 만한 행동을 했을 때마다 "그래, 역시 그럴 줄 알았어"라는 식으로 낙인을 찍는다. 부정적인 이미지가 생기면 바꾸는 데는 몇 배의 노력이 필요하다. 처음부터 만들지 말아야 한다. 그래서인지 긴장 풀고 만날 수 있는 외국인 친구들이 더 편해진다.

'고다르'로 오세요

요즘 월요일 저녁마다 내게 재미있는 놀이가 생겼다. 무료하고 반복된 직장 생활과 일상에서 잠시 벗어나 영화라는 매체를 통해 언어적 유희를 즐길 수 있는 공간, '고다르 클럽'이 그것이다. 작년 하반기부터 시작한 글쓰기로 인해 시간을 내지 못해서 벼르고 벼르다가 초고 작업이 마무리되어 가는 올해 1월이 되어서야 드디어 '고다르'에 갈 수 있는 여유를 만들 수 있었다.

고다르에 영화 공부를 위해 오는 이들의 평균 연령은 50세가 넘는다. 아이들을 다 키우고 여유가 있을 때 개인적 활동을 시작하다 보니 연령대가 높은 것 같다. 이곳에 오는 이들은 목사, 한의사, 그리고 가야산에 집을 짓고 혼자 사는 자연인 건축사부터 한예종에 들어가기 위해 영화 공부를 하는 고3 수험생까지 다양한데, 사고의 경계가 없이 무엇이든 대화가 가능한 열린 사람들이었다. 함께 토론하는 영화는 요즘 흔하게 볼 수 있는 것이 아니라 〈그리스인 조르바〉(1964년), 〈일 포스티노〉(1996년), 〈내 어머니의 모든 것〉(2000년)처럼 지난 영화들 속의 보석 같은 작품들인데, 영화에 대해 저마다의 기준으로 가치를 평가하고 공유한다. 옳고 그르고는 없었다. 한 사람이 먼저 영화에 대하여 발표를 하고 나면 참여한 이들로부터 질문과 대답으로 이어지고, 이어서 선생님이 작품에 대한 설명을 한다. 함께 감상한 작품들 중에 개인적으로 가장 와 닿은 영화는 타키타 요지로 감독의 2008년 영화 〈굿, 바이〉이다.

납관사가 되어 버린 첼리스트 이야기인 〈굿, 바이〉는 도쿄에서 활동하던 악단의 해체로 고향으로 내려가 납관사가 되어 일하던 다이고가 자신이 여섯 살 때 어머니와 어린 다이고를 버리고 떠난, 그래서 인연을 끊고 산 지 30년이 넘은 아버지의 임종 소식을 듣고 시신을 수습하면서 자신의 내면에 묵혀 있던 상처를 치료하는 과정을 담은 영화이다. 굳어서 펴지지도 않는 아버지의 손가락 안에는 다이고의 평안을 빌며 만지작거렸을 작은 돌멩이가 들어가 있었다. 다이고의 넋을 잃은 얼굴을 카메라는 클로즈업하였고 어느새 그의 눈에서 굵은 눈물 방울이 뚝! 하고 떨어졌다. 그의 얼굴을 보면서 부지불식간에 나와 그를 동일시하기 시작했다. 주인공 아디고에게도 아버지의 죽음이 특별하듯이 나에게도 그럴 것이다. 나는 2021년 1월 어느 월요일 저녁 내가 가장 두려워하고 있는 미래를 보여 주었던 영화 〈굿, 바이〉에 그렇게 준비 없이 당했다.

열정적인 사람은 밝게 빛난다

나에게 스무 살 시절은 없었다. 한창 친구들과 즐길 나이에 일과 공부를 병행하다 보니, 나이를 먹을수록 내 인생이 허무하다는 생각이 들었다. 여자 나이 사십이면 인생에 대해 많은 회의가 생기는 시기이다. 이십 대를 잃어버린 나는 남들보다 더 심했다. 일종의 보상 심리였다. 주변에는 오페라를 감상하거나 지인을 집으로 초대해 차를 마시는 등 정적인 취미를 가진 사람이 많다. 그런데 나는 내가 젊었을 때 하지 못했던 것에 대한 환상이 있다. 때문에 록이나 헤비메탈 공연을 본다든지, 나보다 어린 사람들과 어울리는 게 재미있다. 옷도 좀 찢어지고 쇠붙이까지 박힌 것을 입으면 이상하게 기분이 좋다. 키도 크고 이목구비 뚜렷한 내가 그런 옷을 입으면 사람들이 무섭다고 한다. 물론 근무할 때는 정장을 입는다. 특히 보수적인 우리 조직에서 튀는 옷을 입고 다니면 개성이 강한 사람이 되고 다루기 힘든 직원으로 몰아가니까. 조직 내에서는 내가 숨 쉴 곳이 없다. 물론 나에게도 '욜로'YOLO라고 이름 붙인 오랜 친구들이 있다. 우리 서로는 마음이 잘 맞아 여행도 가고 맛집도 방문하고 공연도 보러 다니곤 하지만, 그들마저도 내가 가고 싶어 하는 공연이나 모임에는 별로 관심을 보이지 않는다. 그런 건 젊었을 때나 하는 거란다. '재즈싱어즈'나 '토스트마스터즈'도 혼자 했고, 록과 헤비메탈 공연은 혼자 가야 한다. 이렇게 늙어 가는 건가. 나이가 들수록 두려움이 자꾸 커진다.

젊을 때와 나이 들어서 하는 취미 생활이 따로 있다고 보진 않는다. 다만 취미 생활이라는 것이 돈도 있고 시간도 되고 마음의 여유도 있어야 할 수 있다는 말에는 대체로 동의한다. 일찍부터 여건이 되어 시작하면 좋고, 늦게라도 여유가 되면 나이 핑계 대지 말고 시작하면 될 것이다. 나이가 많은 게 문제가 아니다. 땀 흘리는 사람이 아름답듯이 열정적인 사람은 어디서나 밝게 빛난다. 나도 땀을 흘릴 때 내가 살아있음을 느끼니까.

'미미랜드'의
추억

   어느 날 미미를 만났다. 나의 갈증을 해결해 준 친구. 처음 브런치 모임에서 그녀를 봤을 때 그녀의 왼쪽 손목 위에 있는 커다란 녹색 눈 타투에 시선을 빼앗겼다. 그녀는 딸의 눈이라고 말했다. 뭔가 사연이 있는 듯한 그녀가 나에게 물었다. 주말에 시간 되면 등산이나 부산 같은 근교로 여행을 하자고. 나는 눈을 반짝이며 말했다.

   "그래, 그러자!"

   그렇게 처음 간 곳이 부산 스파랜드였다. 우리는 "Let's get naked"라는 문자와 함께, 처음 본 그 다음 주에 바로 홀딱 벗고 만난 것이다. 보통의 외국인들은 공중목욕탕에서 완전 누드를 어색해 한다(그들 문화에서는 보통 수영복을 입는다). 심지어 찜질방은 숨 막혀서 오래 있지 못하는데 미미는 뭐든 적극적이다.

"K-드라마 보면 타월 가지고 양 머리 만들어서 쓰던데 너 만들 수 있어?"

"그거 하고 싶어?"

나는 하얀 타월을 바닥에 펴 놓고는 횡으로 세 번 접고 끝을 말아서 양머리를 만들어 그녀 머리에 씌웠다. 어깨를 으쓱이며 그녀만의 시그니처 페이스를 지어 보인다. 마지막으로 절절 끓는 불가마가 남았다. 온도가 70도가 넘는다.

"너, 여기 들어갈 수 있어?"

"장난하나? 당연하지."

익을 대로 익은 벌건 얼굴로 성큼성큼 들어간다. 한 5분 버티는가 싶더니

"호우! 땀 나오는 것 좀 봐. 나는 여기까지다. 너는 좀 더 하다 나와."

나와 미미는 이동하는 기차 안에서 많은 얘기를 나누었다. 나의 지난 시간과 그녀의 지난 시절을 공유했다. 가족에 대한 것, 앞으로 하고 싶은 것까지 얘기를 나눴다. 서로가 비슷하다고 느꼈다. 그때부터였다. 미미와 함께라면 어디든지 갈 수 있었다. 자연스럽게 나는 그녀가 속한 그룹에 들어

가게 되었고, 그렇게 우리 '패밀리'는 완성되었다.

우리 여섯 명은 어디든 함께였다. 어떻게 만났는지 호기심을 가진 사람들은 묻는다. 우리는 대답 대신 서로를 쳐다보았다. 웃음이 터져 나왔다.

"하하하, 몰라. 그냥 이렇게 되었어."

"니들 다 어디서 왔는데?"

"나하고 제리는 필리핀, 수지는 인도, 미첼은 일본, 그리고 미미는 뉴욕에서 왔어. 라나는 한국인이고. 우리 완전 인터내셔널하지?"

특유의 유쾌한 웃음소리를 가진 코코가 까르르 넘어간다. 그런 그녀를 보면서 함께 신나게 웃었다.

태어나고 자란 곳도 서로 다른 우리가 어떻게 이곳에서 모두 만나게 됐는지를 생각해 보면 신기하다. 그들은 나보다 다섯 살 이상 많았고 인도계 미국인 수지는 나보다 열 살이 많았다. 우리는 모두 50~60대였다. 그런데 한국의 20~30대보다 재미있다. 항상 어떻게 하면 재미있게 시간을 보낼 수 있을까를 생각하고, 언제나 그 순간을 즐기며 산다. 미미는 순진한 나를 자기가 망치고 있다고 말하곤 했다.

우리 멤버들은 각자의 역할이 분명했다. 수지는 우리의 '헬리콥터 맘'이었다. 엄마처럼 우리를 일일이 챙기고 보살폈다. 여행을 가게 되면 차량 렌탈부터 숙소 예약과 삼시 세끼까지. 무엇을 준비하고 먹을 것인지 상세히 조사해서 각자에게 준비할 것을 알려 주면 우리는 고민 없이 따라하면 되었다. 그녀는 우리를 그렇게 챙기면서 기뻐했고, 우리도 고마워했다. 필리핀 출신인 코코와 제리는 엔터테이너이다. 음악과 춤을 항상 즐기는 그들이 없었다면 우리 모임이 그렇게 웃음이 넘치지는 않았을 거다. 뉴요커인 미미는 설계자이다. 항상 무언가를 기획한다. 그리고 나는 커넥터이다. 한국 문화와 외국 문화를 연결해 주는 다리, 즉 매개 역할이다.

우리는 계속 구실을 만들면서 이곳저곳으로 여행을 다녔다. 수지의 일본인 친구 어머니가 살던 집에서의 오싹했던 하룻밤, 하와이에서 나고 자란 '물 찬 제비' 미첼에게 서핑을 배웠던 추억의 강원도 양양 비치, 국적 불명의 요리와 함께 즐거웠던 칠천도의 파란 바다, 뜨거운 햇살로 벌겋게 태운 등짝에 가득 붙인 하얀 마스크팩의 추억이 있는 보라카이 등, 즐거웠던 기억들을 우리는 행복 저장소에 차곡차곡 담았다. 그리고 주말이면 참새가 방앗간 못 지나치듯 아지트인 '미미랜드'로 하나 둘씩 모여들었다. 헤비메탈과 올드 록을 좋아하는 우리라서 언제나 음악과 노래가 함께였으며 밤새도록 끝나지도 않을 것 같은 수다를 떨었다.

만남은 이별을 동반하는 법. 수지와 미첼의 체류 연장이 받아들여지지 않으면서 미국으로의 귀국이 결정되었다. 우리는 마지막으로 우리의 아지트에 모였다. 퇴근 후 가 보니 '마마' 수지가 음식을 뚝딱 차려 놓았고 성급한 친구들은 벌써 취해 있었다. "라나, 왔어? 어여 저녁 먹자." 하며 수지가 이것저것 내 접시에 담아 준다.

"이제 수지가 가면 우리 모임도 예전 같지는 않겠지?"

우리 모두 알고 있지만 차마 입 밖으로 꺼내지 않았던 것을 미미가 얘기했다. 분위기가 갑자기 차분해지며 코코가 낮은 목소리로 답한다

"맞아. 분명 그렇겠지."

"수지는 이렇게 보내지만, 코코 네가 떠날 때는 집에 있는 거 하나는 박살이 날 거야"라고 미미가 말한다. 그러자 코코는 물끄러미 미미를 쳐다봤다. 조용히 듣고 있던 수지가 말한다. "이리 와 봐. 다 한번 안아 보자." 우리 여섯은 그렇게 서로를 안으며 마지막 밤을 아쉬워했다.

나이 들수록 새로운 친구를 만들기 어렵다. 나이 먹을수록 자존심만 커지고 상처받기 두려워 쉽게 타인에게 마음의 문을 열기 어렵다. 게다가 개인적 경험을 바탕으로 한 불변의 지식이 굳게 자리 잡고 있어서 나를 내려놓지도 못한다. 그럴수록 더 필요한 것이 친구이다. 우정도 유효 기간이 있어서 한때 죽고 못 살아도 오랜 시간이 지나면 시들해진다. 사회 생활을 하는 중에는 친구의 소중함을 모를 수도 있다. 하지만 은퇴 후 고독을 극복하고 재미있게 살기 위해선 좋은 친구를 가까이 두는 게 필요하다. 이는 하버드 대학에서 75년간(1938~2013년) 하버드 대학생에서 보스턴 빈민촌의

아이들에 이르기까지 724명의 일생을 연구·관찰한 보고서인 『행복한 삶의 비밀』에도 잘 나타나 있다. 나이가 들어서도 삶의 질이 높은 사람들은 가족, 친구 공동체와 좋은 관계를 가지고 있고 수십 년간 이어지는 친밀한 인간관계를 잘 유지하고 있으며, 또한 그런 좋은 인간관계가 두뇌건강에도 밀접한 영향을 미치고 있는 것으로 발표하였다.

　　모두가 하나가 되어 바이러스라는 무형의 적군과 치열한 전쟁을 치른 후 대구는 다시 일상을 찾은 듯했다. 거리엔 사람이 평소처럼 오고 가고 집 근처 카페에서 삼삼오오 차도 같이 할 수 있게 되었다. 2020년 봄은 적막하고 무서웠는데 지금은 서로간의 따뜻한 온기도 나누고 정도 느끼게 되면서 안정감도 회복되기 시작했다. 그러면서 우리가 당연하게 생각했던 많은 것들에 대하여 소중함을 깨닫게 되었다. 얼굴을 마주하고 같이 식사를 할 수 있는 가족도, 커피 한잔 할 수 있는 동료와 친구도, 그저 신천 강변을 산책할 수 있는 소소한 일상 모두가 그러하다. 어쩌면 그저 숨 쉴 수 있다는 것마저도.

"이혼합시다"

　내 친구 미미는 한국인 남자 친구가 있다. 한국에 와서 만난 사람으로 서로는 지독한 헤비메탈과 록 매니아이다. 평소 공연 보러 가는 것을 좋아하는 우리는 음악 취향도 비슷해서 대구로 부산으로 서울로 콘서트를 보러 다녔는데, 공연 후 뒤풀이 시간에 둘이 처음 만나 지금까지 좋은 관계를 맺어오고 있다.

　서로 다른 문화적 배경과 언어 장벽으로 인해 몇 번의 고비는 있었다. 그럴 때면 나는 서로의 오해를 풀어 주고자 했는데 서로의 감정이 깊어질수록 타인이 끼어드는 것이 더 오해를 불러일으킬 수도 있겠다는 것을 느꼈다. 저쪽에서 화내는 것에 나는 당황하고 어떻게 전달해야 하나 고민하다가 이쪽 얘기를 들으면 그럴 수도 있겠다 싶어 전달해 주면 의외로 저쪽에서 더 오해하기도 하고. 암튼 그런 경우를 몇 차례 겪으면서 그냥 나는 빠져 버렸다. 죽이 되든 밥이 되든 요리사 맘대로 하라고. 그런데 매번 가까스로 문제를 해결하고 나온다. 그럴수록 두 사람의 관계는 더 단단해지고 발전되는 것 같다.

미미는 그를 사랑하고 있다. 지극히 개인적이고 자유로운 문화권에서 자란, 감정 표현에 솔직한 뉴요커로서 사랑한다고 말하고 싶지만, 여자가 먼저 고백하는 것은 한국 문화가 아니라 생각해서, 조선시대 유교 문화를 대표하는 권씨 집안의 그가 먼저 말해 주기를 원하고 있다. 내 생각에는 그가 먼저 좋아한다고 말하는 것을 듣기 위해 기다리다가 천년이 흐를 것 같다는 생각이 든다.

보수적이고 가부장적인 문화가 싫어서 스무 살이 된 이후로는 집을 나와 혼자 살고 있는 그에게는 돌아가신 어머니가 맺어 준 아내가 있다. 그러나 그녀는 한국을 떠나 뉴질랜드에서 혼자 산 지 십 년이 넘었다. 사랑으로 맺어진 관계가 아니다 보니 교류도 없고 두 사람 사이에 아이도 없고 호적만 유지되고 있는 상태이다. 페이퍼 부부인 셈이다. 그러나 그는 이혼할 생각은 없는 듯하다. 돌아가신 어머니의 유언이었다는 것이 그의 이유다. 미미는 혼란스럽다. 왜 과거를 붙잡고 있냐는 거지. 당시에는 어머니께서 그런 결혼이 아들을 위하는 것이라 생각했을 수도 있겠지만, 지금은 아들이 진정한 행복을 찾아가는 모습을 보고 싶어하지 않을까?

"그 무슨 이기적인 생각이야?"

어느 날 내 감정을 추스르지 못하고 툭 내던져 버렸다.

"이십 대에 결혼해서 애 낳고 키워서 대학 보내 놨으면 할 도리 다 한 거 아닌가. 아이들도 성인이고 그간 아내로, 엄마로 최선을 다해 왔으면 이제 남은 인생, 나만을 위해서 살아도 되지 않나? 내가 싫다는 데도 이혼을 못 해 준다고? 남편이 내 남은 오십 년에 대한 소유권이 있는 건 아니잖아. 이제 온전히 나로 돌아가고 나만을 위해서 살고 싶다고. 왜 남자들은 그걸 이해를 못 하는 건데."

"요즘 다들 그러고 살아요" 하는 미미 남자 친구에게 괜스레 성질을 버럭 내 버렸다. 정리 못 하는 그의 페이퍼 부부 관계에 대해 내 상황을 빗대어 나와 미미의 생각을 우회적으로 표현한 것이다. 그는 대답도 못 하고 땅만 쳐다보고 있다.

우리나라에 점점 페이퍼 부부가 늘어나고 있는 것 같다. 이와 함께 황혼 이혼도 늘어나고 있다. 통계청에서 발표한 2020년 혼인 이혼 통계를 보면 혼인과 이혼 건수는 같이 감소하였는데, 감소한 이혼 통계에서 황혼 이혼은 오히려 증가

한 것으로 나타났다. 결혼 생활 20년 이상인 부부의 이혼은 전체 이혼 통계에서 37.2퍼센트, 그중 30년 이상에서의 이혼 비중이 15.6퍼센트로 41.9퍼센트를 차지하였다. 이제 더이상 30~40대의 치열한 삶을 같이 보낸 동지애로 노년에함께하며 서로의 등을 긁어 주는 관계가 당연하지 않은 시대에 우리는 살고 있는 것이다.

왜 이런 추세가 만연한 것인가에 대한 내 생각은 이러하다. 자유로운 연애를 할 때와는 달리 결혼은 조건을 충족하는 사람과 하다 보니 결혼과 연애가 다른 문제로 취급되고있다. 그렇게 만난 관계는 오래가기 힘들다. 애정이 메말라도아이들의 장래를 위해서라고 말하며 관계를 이어 간다. 아이들이 자라 결혼할 때까지는, 한 지붕 아래 서로를 미워하며 살아도 애써 가정을 유지하며 가정교육 잘 받고 자란 사람으로 포장하고 포장한다. 정작 자녀들은 결혼에 대한 필요성을 못 느끼는데 말이지. 어쩌면 그건 우리 자신을 솔직하게 바라볼 용기가 없어 회피하는 것이거나 독립적 자아로사는 것에 대한 두려움으로 인한 변명이 아닌가 싶다.

"왜 나를 싫어하는데?"

헤어지자고 말하는 나에게 남편이 하는 말이다.

"싫어하는 거 아닌데, 지금까지 당신과 아이들을 위해서살았고 이제 그만할래. 그러니 더 이상 남은 내 인생에 대한권리 주장은 하지 마. 당신한테 그런 권한 없어."

나의 대답이다. 매정한가. 그럴지도 모르겠다. 착한 남자인데 별난 여자 만나서 아이 둘 다 키워 이제 앞으로 둘이서 오손도손 살 것으로 기대했다가 뜻하지 않게 뒤통수를 된통 맞은 것이다. "안 돼, 그냥 이대로 살아." 남편의 말이다. 누구를 위해서인가. 나를 위해서 하는 소리는 아닌 것을 안다. 왜 그는 나를 이해하지 못하는 것일까.

법적인 혼인의 해소에 부담을 느낀 중년 이상의 부부들에게 법적인 관계는 그대로 둔 채 별거하며 독립적으로 살아가는 졸혼도 만연하고 있다. 이 또한 이기적이다. 그냥 좋은 것만 취하겠다는 것이 아닌가. 좋고 싫음이 분명한 나의 성격에 이런 어정쩡한 관계는 옳지 않다.

나는 죽을 때까지 가슴이 뛰는 삶을 살았으면 한다. 지난 몇 년간 혼자 사는 삶에 대해 두려워도 하고 고민도 하였다. 그러다가 최근에 마음을 정리하였다. 알 수 없는 미래에 대해서 더 이상 두려워하지 말자고. 새롭게 출발하기 위해서 주변을 정리하고 다시 한번 뛰어 보자고. 밖에서 이는 파도는 막을 수 있지만, 내면에서 터지는 봇물은 감당하기 어려운 법이니까.

자유로워지기 위하여

"운동선수세요?"

"네? 아닌데요."

"그럼 격렬한 운동을 자주 하시나요?"

"저 운동 싫어하는데요."

"그런데 왜 연골이 다 닳아 없어졌어요? 퇴행성 관절염이 진행중이에요. 무릎 나이가 60세네요. 젊으셔서 MRI 할 필요 있겠나 했더니만…."

"선생님, 어쩌다가 이렇게 되었을까요?"

"그걸 왜 저한테 물으세요? 본인이 알겠죠. 아무튼 관절 주사도 소용없고, 줄기세포 이식 수술을 하셔야 합니다."

"……."

그동안 건강을 과신하고 살았다. 아직 젊다고 믿었고, 처음 보는 사람들도 오늘 만난 의사처럼 운동선수냐고 물을 정도로 나를 건강하게 본다. 그런데 무릎 수술을 받아야 한다니. 간단한 치료 후 병원을 나오는데 갑자기 서글퍼지면서 눈물이 날 것 같다.

늘 입버릇처럼 하던 말이 있다. 아이들 대학 보내고 사무관 승진만 하고 나면 하고 싶은 거 다 하면서 살 거라고. 둘째를 마침내 대학에 보내고 승진도 한 재작년부터 이제 다시 시작이라고 생각했다. 운동을 시작하며 건강을 챙기기 시작했고 여행도 다니고 친구도 사귀면서 나 자신을 위한 글도 쓰기 시작했다. 그리고 5년 안에 세계 여행을 떠나겠다는 계획도 세웠다. 그런데 수술을 받아야 한다니. 장거리 여행에는 튼튼한 두 무릎이 필수인데 어처구니가 없었다. 계획 수정이 필요한 걸까? 아니면, '그럼에도 불구하고' 두려움 없이 전진할 것인가. 만약 누군가가 나에게 "너, 이대로 계속 살아도 괜찮아? 후회 없이 살 수 있어?"라고 묻는다면 나는 "아니"라고 대답할 것이다. 그렇다면 답은 이미 나와 있다. 더 이상 두려워 할 필요 없다. 비록 그 끝을 알 수 없어 불안

하지만 진정 나의 내면에서 울리는 소리에 귀를 기울였기에 후회하지 않을 것임을 알기에.

하마터면 나락으로 떨어질 수 있었던 스무 살의 어느 날이었다. 천둥벌거숭이같이 아무것도 모르던 내가 자고 일어나니 철저히 혼자가 되어 버렸다. 용하게도 스스로 일어나 돈도 벌고 직장도 구하고 학사, 석사도 마치고 결혼해 장성한 이쁜 딸이 둘이나 있으니 남들 하는 거 다 하고 살았다고 할 것이다. 열심히 살았고 다 성취했는데 왜 행복하지 않은 걸까? 지금 내 삶은 안정적이 되었지만 왜 만족을 하지 못하는 걸까? 겉은 편안해 보일지 몰라도 마음에 큰 구멍이 난 듯 허하다. 죽을 만큼 열심히 살아왔는데 늘 후회가 남는다. 지금 나의 후회와 미련은 나의 과거로부터 온 것이기에 언젠가 끊어 내야만 한다. 자유로워지기 위하여. 두려움 없이 앞으로 나아가기 위하여.

이대로 살아도 이상할 것은 없다. 어디서 나이 오십 넘은 여자를, 성별에 따른 임금 차별이 엄연히 존재하는 우리나라에서 연봉 칠천만 원 이상 주며 고용하려 하겠는가 말이다. 모두가 되고 싶어 하는 공무원, 그것도 '공무원 공화국' 대한민국에서 사무관을 달고 있으면 의사, 변호사만큼은 아닐지 몰라도 누가 봐도 괜찮은 삶이다. 혹자에게는 내가 배부른 소리 하는 것으로 들릴 수도 있다. 그러나 삶과 가치 판단은 모두 주관적인 것이다.

정말 아버지를 미워했고 죽을 때까지 원망할 것 같았는데, 이제는 이런 감정적인 소모를 할 여유도 없고 무의미하게 다가온다. 아무도 원망하지 말자. 다만 좀 더 일찍 각성하지 못하고 주변에 휩쓸려 내 본질을 잃고 살아왔던 어리석은 지난날의 나를 탓하자. 이제 젊은 날이 얼마 남지 않았다. 오늘이 내 인생에서 가장 젊은 날이다. 아직 청춘을 졸업하지 못했으니 지금이 내 인생의 청춘이다. 비록 스무 살은 아니더라도 내가 원하는 것이 무엇인지, 무엇을 해야 남은 인생을 행복하게 살 수 있는지를 찾아보자. 그렇게 후회와 미련을 하나씩 없애다 보면 아버지를, 그리고 나를 버린 어머니까지 온전히 용서하는 날도 오겠지. 정리할 시간이 필요했다. 그래서 내 마음의 고향, 내 인생의 화양연화였던 화천으로 떠났다.

40년 만에 찾아간 그곳

40년 만에 찾아가는 길이 낯설고 두렵고 또 설레기도 하였다. 수요일 업무를 마치자마자 차를 끌고 출발했다. 대구, 의성, 안동, 영주, 원주, 춘천을 지나니 화천이다. 도착하니 밤 10시가 넘은 시간이라 어두워서 잘 보이지 않지만 고층 아파트도 여기저기 있고 상설 경기장에 도로도 번듯하게 포장되어 있다. 비포장도로에 먼지 풀풀 날리던 과거의 모습은 찾아볼 수가 없다. 강산이 네 번 바뀌니 이 외진 곳도 이렇게 변하였구나. 참 오랫동안 기억 속에서만 이곳을 가지고 있었나 보다.

숙소에 짐을 풀고 침대에 피곤한 몸을 누이려는데, 가이드를 자청한 분에게서 문자가 날아왔다. "내일 몇 시에 만날까요?" 혼자 온 여행이라 외로운 차에 메시지가 반갑다. 약속 시간을 정했다. 먼 길 장시간 운전으로 피곤한 몸은 이내 잠을 부른다.

눈이 일찍 뜨였다. 밖은 아직 깜깜하다. 어제는 어두워서 못 본 화천의 모습이 궁금하다. 잠시 뒤척이다 벌떡 일어나 잠바를 걸쳐 입고 읍내로 차를 몰았다. 이른 아침 안개가 구불구불 첩첩한 산 능선마다 내려앉았다. 쉼 없이 이어지는 산봉우리를 보며 화천이 이렇게 아름다운 곳이었구나, 하고 생각했다. 잠시 차를 멈추고 한참 동안 사진을 찍었다. 내 낡은 폰으로는 이 아름다움을 모두 담을 수 없는 아쉬움을 접으며 다시 차를 몰았다. 내가 다닌 초등학교를 중심으로 지번도 없는 주민등록초본의 주소지를 따라가 본다. 예전 모습을 찾기가 힘들다. 숙소로 돌아오면서 과연 옛날 내가 살았던 장교 관사를 찾을 수 있을까 하는 걱정이 앞섰다.

숙소에 도착하니 옆방 손님이 방문 앞에서 담배를 피우고 있다. 국방부 무인정찰기 사업과 관련해서 군인들에게 비행

교육 훈련을 시키고 있다고 했다. 이곳에서 투숙한 지 벌써 일 년이 되었다고 한다. 내가 이곳에 온 이유를 말하니 아는 군인들 몇 분에게 장교 관사의 위치에 대해 물어 주었다. 나는 관사가 한 곳만 있다고 생각했는데 부사관 관사까지 너무 많아서 찾기 어렵다는 대답을 들었다. 원하는 답을 얻지는 못했지만 낯선 이의 호의가 고맙다.

약속 시간에 맞춰 가이드가 도착했다. 서울 생활을 정리하고 이곳에 온 지 십일 년이 된 분으로 최근 소목공예품 제작과 관련한 사회적 기업 등록을 마치고 사업장 오픈을 준비 중이라고 했다. 먼저 지인을 통해 소개 받은 분께 인사하러 갔다. 환하게 웃으며 반겨 주는 두 분은 화천에 살면서 도시 생활에 지친 삶을 힐링하고 있는 듯했다. 커피를 마시며 자연스럽게 화천에 대한 이야기를 하였다. 원래 오지였으나 5.1킬로미터의 배후령 터널이 뚫리면서 화천, 양구가 수도권과의 접근성이 아주 좋아졌단다. 강남버스터미널에서 버스를 타면 사내면까지 바로 온다며, 대구에서 힘들게 중앙고속도로를 달려오는 것보다 서울로 간 다음 버스타고 오는 게 나을 수도 있다고 했다. 얼마 전 강남에 있는 병원 응급실에 갈 일이 있었는데 한 시간여 밖에 안 걸렸단다. 접근성이 개선되면서 최근 들어 서울 등 타지에서 이주해 오는 분이 늘고 있는데 토착민과 외지인들 간에 갈등이 있는 듯했다. 이주 온 지 30년이 되어도 동네 이장은 안 시켜 준다고 한다. 사람 사는 곳, 어디나 이런저런 갈등은 있는가 보다. 두 분은 화천에서도 오음리라는 작은 마을에 살고 있는데, 한때 이곳에 사람이 넘쳐났던 적이 있었단다. 파월 장병들이 파병 전 오음리에서 한 달간 생존 교육을 받았던 1965년부터 1972년까지가 그러했다. 많은 식당과 술집이 이곳에 생겨났고, 예쁜 여자들은 한몫 챙기기 위해 전국에서 몰려들었단다. 내일을 알 수 없는 파월 장병들의 큰 씀씀이로 인해 조용한 시골 동네가 북적거렸다고 하니 지금의 평화로움을 보면 쉽게 상상하기가 어렵다. 격세지감이다.

아껴 두었던 추억의 조각들

본격적인 투어를 위해 길을 떠나기 전 가이드를 자청한 박 선생이 화천에서 나고 평생을 사신 분께 전화를 걸었다. "관장님, 안녕하세요? 오래전에 화천에서 사셨던 분이 멀리서 오셔서 제가 가이드를 하고 있는데요, 혹시 이런 곳 아시는지요? 화천초등학교에서 20~30분 거리 떨어진 곳에 군인 관사 들어가는 산 어귀가 있고, 그 코너에 작은 구멍가게가 있었다네요. 관사는 네다섯 개 정도가 모여 있었고 그 앞에 연못이 있었다고 해요. 아아! 네, 알겠습니다. 모시고 가서 뵙겠습니다."

그렇게 통화를 마친 박 선생과 나는 전화 속 주인공을 만나러 이동했다. 그는 화천읍장으로 정년 퇴임 후 지금은 시니어클럽센터 관장으로 계신 분이었다. 군대 시절을 제외한 인생의 전부를 화천에서 보내셨다. 그분은 바로 말씀하셨다. "그렇다면 향교가 있는 곳밖에 없어요. 같이 가 봅시다."

"아마 여길 거예요. 그 구멍가게 자리가요. 지금은 주차장이 되었지만." 차로 이동하면서 한 곳을 가리켰다. 나는 코너에 위치한 주차장을 보고 그 옆에 산으로 올라가는 도로를 확인했다. 그곳이었다. 나는 흥분된 마음을 누르며 말했다. "여기가 맞는 거 같아요." "그럼, 이쪽으로 계속 올라가 볼까요?" 산길로 올라가는 동안 어린 시절 행복했던 추억의 퍼즐들이 맞춰지고 있었다. 커다란 산이라고 생각했던 곳이 이런 작은 구릉이었구나. 잠시 생각에 잠겼다. 관장님의 말이 이어졌다. "여기 관사가 몇 개 있었는데 오래전에 다 철거되었지."

엄마가 항상 맛있는 음식과 환한 웃음으로 나를 반겨 주던 나의 '스위트 홈'이 주민을 위한 체육 시설을 가진 작은 공원과 깨밭으로 변해 있었다. 어린 시절 빨간 스케이트와 무스탕 장갑을 끼고 차가운 겨울바람을 가르며 볼이 빨개지도록 놀던 운동장만 했던 연못은 동네 놀이터만큼 작아져 있었다. 부레옥잠과 수초들로 덮여, 그 위에서 스케이트를 탄다는 것을 상상할 수 없을 만큼.

다음날 혼자 그곳을 다시 찾았다. 초등학교에서부터 옛 추억을 더듬으며 걸어가 모퉁이 주차장에 섰다. 그래, 여기서 아이스크림 하나 먹으면서 관사로 들어가는 지프차를 기다리곤 했지. 어머니 막걸리 심부름을 하러 내려와서는 구멍가게 아저씨가 막걸리 가지러 간 사이 매대에 놓인 불량식품들을 신나게 먹었지. "무거워서 들고 가겠어?"라고 말씀하시며 건네는 막걸리가 가득 찬 주전자를 받아 들고는 언덕 올라가는 내내 무거워서 철버덕철버덕 바닥에 흘리기도 하고, 마셔서 가볍게 해야겠다는 생각에 주둥이에 입을 대고 쭉 들이키기도 하였다. 속으로는 '이거 술 맞아?' 하는 생각에 조금 올라가다 또 한 모금, 또 한 모금 하다 보니 주전자에는 어느덧 막걸리가 반만 남아 있었지. 구멍가게 아저씨는 어디로 가셨을까?

주차장 옆 새로 포장된 길을 따라 올랐다. 어느새 우리 집이다. 꼬맹이 때는 그렇게 멀게 느껴진 길이 지금은 한걸음이구나. 그때 같이 놀던 친구들은 다 어디로 갔을까? 그들도 나처럼 이곳을 그리워할까. 옛 관사 터를 걸어 나와 향교 옆으로 난 작은 길을 따라 내려가 보았다. 비 올 때를 대비해 우수로를 만들어 놓았지만 당시에는 실개천이어서 개구리도 잡고 했는데. 그때 무언가 거뭇한 게 뛰어 내려온다. 밤색 메뚜기. 또 다른 옛 추억 하나. 너무 좋다. 잃어버린 엄마의 품 같은 화천이 나한테 다가온다. 항상 허전하고 시리던 가슴 한켠이 뭔가로 채워지고 있었다.

내가 길이 되는 삶

이곳에는 외지에서 들어와 정착한 분들이 많다. 민주화 운동을 하다가 동지들을 잃고 화천으로 와서 농사를 지으며 다시 웃음을 찾은 부부, 젊은 시절 치기 넘친 모험심으로 집시처럼 살다가 이곳에 조성된 레지던스형 예술촌에서 마리화나의 합법화를 주장하며 그림을 그리는 작가, 도자기를 굽는 젊은 예술가들, 그리고 환경을 사랑하며 지역 예술가를 돕기 위해 마당발을 자처한 협동조합 간부들이 그들이다. 회색 도시 생활에서 벗어나 자연에서 살기 위해 자발적으로 이주한 사람들이다. 그들은 나와 같고, 나와 다른 이유로 이곳 화천을 사랑하고 있다. 자연이 주는 치유의 힘을 믿는 사람들이다.

한편 여기가 고향인 분들은 나를 기특하게 쳐다보기도 하고 또 몇몇 분들(주로 외지에서 이주해 오신 분들)은 뭐가 그리 좋아서 아무 볼 것도 없는 이곳에, 아무것도 남아 있지 않은 옛 집터에 수십 년 만에 온 것일까 하는 호기심 담긴 눈으로 나를 쳐다본다. 하지만 나는 지금 느끼는 이 감정이 너무 소중하다. 그래, 사람들은 원래 항상 자기의 경험 안에서 생각하는 법이니 제각기의 잣대로 나를 바라볼 것이다. 나도 그러하다. 그렇기에 나도 그들도 서로에게 이해를 구할 필요는 없다.

지난 40년간 나는 과거를 돌아보지 않으며 살았다. 잊고 싶은 기억이 많아서 되도록 과거로부터 멀리 가려고 했다. 그리고 빨리 나이 먹기를 바랐다. 화천 또한 가장 아름다운 추억이지만 이어서 떠오르는 힘들었던 시절을 빼고는 생각할 수가 없었다. 그래서 아껴 두었던 곳이다. 그렇게 힘들게 찾아온 화천이었다. 나의 가장 아름다웠던 기억에서 나의 과거를 마주하고 나를 토닥거려 주면서 남은 시간을 온통 나로 채우겠다는 결심을 하였다.

이미 인생의 한 고개를 넘었다. 삶의 긴 여정을 정리하고 돌아갈 곳을 정해야 하는 순간이다. 우리는 저마다의 인생에 주어진 진리를 찾아 순교자처럼 외로운 여행을 떠나야 한다. 왜 자신을 사랑해야 하고, 이웃을 사랑해야 하고, 아름다운 마음을 가져야 하고, 변하지 않는 진리를 찾기 위해 평생 인내와 수고를 해야 하는지. 세상 모든 살아 있는 것들을 사랑하는 하나님은 나를 이 세상에 보냈을 때 분명 내가 평생을 거쳐 깨우쳐야 할 화두를 주셨으리라. 나는 그것이 미움과 원망을 극복하고 용서하는 법이 아닐까 생각해 본다. 미움, 원망, 용서는 모두 남을 향해 있는 것이다. 남이 아닌 나에게로 관심을 돌려 그로부터의 완전한 해탈, 즉 자유로운 삶을 살아야 한다고 말씀하시는 것은 아닐까? 나를 마주하고 바라보면서 더 이상 내가 아닌 척, 괜찮은 척하지 않겠다. 남의 시선을 신경 쓰느라 하고 싶은 것을 참고 나의 믿음을 꺾는 겁쟁이가 더 이상 되지 않겠다. 내가 책을 쓰는 것도, 화천을 다시 찾은 것도 모두 치유를 위한 과정이다. 두려움 없이 과거를 마주하고 더 당당해진 나를 찾기 위한 여정인 것이다.

이제부터 나는 나의 언어로 나의 말을 할 것이다. 항상 가슴에 청춘을 품고 새로운 것에 계속 도전하며, 남이 옳다고 하는 길을 따라가는 삶이 아닌, 내가 길이 되는 삶을 걷겠다. 이타심을 요구하는 사회 속에서 이제 이기적인 내가 되겠다. 더 이상 과거의 아름다운 시절에 머무르는 것이 아니라, 진정한 나의 날들은 아직 오지 않았다고 믿으며 새로운 나를 도도하게 만들어 가겠다.

공무원 라나 언니

9급에서 사무관까지, 30년 차 공무원 임경란의 일과 삶

초판 1쇄 발행 2021년 10월 4일

지은이 임경란

펴낸이 오은지
편집 오은지 변우빈
디자인 이수정
펴낸곳 도서출판 한티재

등록 2010년 4월 12일 제2010-000010호
주소 42087 대구시 수성구 달구벌대로 492길 15
전화 053-743-8368 | 팩스 053-743-8367
전자우편 hantibooks@gmail.com
블로그 blog.naver.com/hanti_books
한티재 온라인 책창고 hantijae-bookstore.com

ⓒ 임경란 2021
ISBN 979-11-90178-70-9 03810